大活字本シリーズ

雪冤（せつえん）

大門剛明

《下》

埼玉福祉会

雪冤（せつえん）

下

装幀　巖谷純介

目次

第四章　I wan' t'meet my father

1

大阪拘置所の応接室には飾り気がなかった。

ちょっとした装飾が遺族の心を乱すと考えているのだろうか。暖を取るためにストーブがたかれている。部屋には八木沼を含め四人がいる。一人は慎一の弁護人、石和洋次。一人は拘置所の刑務官。最後の一人は眼鏡をかけた四十代とおぼしき禅宗の僧侶（そうりょ）だった。彼は慎一が処刑される直前に読経していたという。

石和はうなだれていた。

すみませんと言ったきり泣き崩れて話にならなかった。慎一の死は法務省からの連絡もあったが、その前に四条法律事務所の事務員からもたらされた。信頼できるマスコミ筋からの連絡があったらしい。石和はあまりのことでしばらく口が利けなくなり、代わりに事務員がかけてきた。

八木沼はその時から一言もしゃべってはいない。いや、誰かの言葉に相槌（あいづち）を打つことはある。あるいは何かしら声を発したかもしれないがよく覚えてはいない。

「所長が来ました」

その声に八木沼はゆっくりと顔を上げる。

やがてコンコンとドアがノックされ、五十代くらいの男性が姿を見せた。所長は刑務官と小声で何か話をすると、ほっとした顔を見せた。とりあえず遺族が怒り狂って暴れているわけではないと確認できたからだろうか。

所長は椅子にかけると八木沼の方を向き直り、落ち着いた低い声で話し始めた。

「何を言っても、なぐさめにはならないと思います」

そこで一度息をついだ。

「ご遺体を引き取りにこられる方は非常に少なく、我々も出来る限りご質問に答えたいと思っています。何かございませんか」

八木沼は所長の顔を見つめていた。所長の声は包容力があり、すべての怒り苦しみをぶつけてくれと言っているようだった。だが八木沼には問うことなど思いつかない。どうすれば死者を生き返らせられるのか――あえて言えばその問いだけだ。

まるで声を発しない八木沼を見て、所長も無理には問いを重ねない。静寂の中で灯油の臭いがかすかに鼻をつく。やがて所長は音をさせないように長い息を吐き出す。焦点のぼやけた八木沼に言いづらそうな顔を向けた。

「法律上、火葬は二十四時間以上経たないと出来ないことはご存じかと思います。ただ、どう言いますか……」

そこで言葉を切った。だがすぐに続けて言う。

「少しばかりご遺体の損傷が激しいのです」

「損傷？」

それは抜け殻のような問いだった。

「抵抗したんですか」

背後から石和の声が聞こえた。

「そうです、いえ、あれが抵抗と呼べるかどうか」

「あんなのは初めてです」

そう言ったのは椅子に腰かけていた刑務官だった。彼は余計なことを言ってしまったという表情を浮かべている。「初めて」という言葉に八木沼は反応した。刑務官に向けてすがるような視線を投げかける。

刑務官は八木沼の視線に耐えられないのか、うつむいてしまった。

「慎一さんは舌を嚙み切りました」

所長が意を決したように言った。

「もちろん、執行前にみずから嚙み切ったというのではありません。落下の際の衝撃によってです。出血が激しく、修復しましたがかなりご遺体は傷つけられています」

「そこまで慎一君は抵抗したんですか」

石和の言葉が胸をえぐるように刺さった。またそれ以上に「落下」という単語一つがあまりにも無慈悲に響く。だが不思議と涙は出てこない。父親が二十数年前に死んだ時もそうだったが、今回のはそれとはまるで違う。

「いえ、抵抗ではなく何かしゃべっていたんですよ。赤ランプが点灯し、ボタンが押され板が外されるまでね。我々がやめろといっても聞き入れなかった」

「ただあれは、俺は無実だとか、人殺しどもが、といった刑務官の寝覚めを悪くさせようとする罵詈(ばり)雑言じゃありません」

「それじゃあ何なんですか」

「あの……」

僧侶が口を開きかけた。八木沼以外の視線がそこに集まる。だが彼は言いかけてやめる。おかしな間が出来て、その間を埋めるように刑務官が言った。

「被害者の方へ謝罪の思いがあったのかもしれませんね」

そう言ってから刑務官は失言に気づく。それ自体は何ということのない発言だが、冤罪を訴え続けた者には冒瀆と思える発言だ。だがそれを責める気は八木沼にはなかった。ただ黙って椅子に腰掛けていた。

ふたたび沈黙が流れる。

応接室の隅に行くと、石油ストーブの吐き出す風に手をかざしながら所長が沈黙を破った。

「我々は死刑についてどうこう言える立場にありません。命令書が来たら執行せざるを得ない。ただ命令だからといっても我々が手を下したことに変わりはありません。本当に執行がいけないと思うならこんな職は投げ出せばいいだけの話です。私たちは自分たちの意思であなたの息子さんの命を奪った」

刑務官が所長の顔を驚きの眼差しで眺めた。

「また刑務官にも色々います。中には嗜虐（しぎゃく）傾向の強い者もいる。動物を殺していたと自慢げに語る者もいました。それは弁護士や教師、医師などでも同じでしょう？　ドラマなどで出てくる刑務官はたいてい品行方正で、死刑執行に疑問を持ち悩み苦しみますがね。私は被害者の無念を思い、思考を止めている、いえ彼らのせいにしているのかもしれません。どんなに弁護しても私たちは慎一さんの言われるとおり人殺しなんです。そのことを否定は出来ない。そんな中で慎一さんは最後までご自分の生命をまっとうされたと思います」

　普通の精神状態なら立派な人だと思ったかもしれない。だが所長の長い台詞（せりふ）に八木沼は言葉を返さない。所長は立ち上がり、遺体を運ぶ旨を告げる。そのまま何も言わず黙って八木沼たちは応接室をあとにした。

外は暗くなっていた。

霊柩車(れいきゅうしゃ)は目立たないように慎一の遺体を乗せて拘置所の外に出る。だがここから出てくるのを予期していたのか拘置所の前では何人かが待っていた。おそらく死刑に反対する団体の人々だ。プラカードを持って何かを叫んでいる。この霊柩車を見た瞬間に抱き合いながら涙を流している女性たちもいた。

慎一の遺体は思ったよりは損傷が激しくなかった。とはいえ実際には首がちぎれ、目の玉が飛び出していたのかもしれない。射精し、脱(だっ)糞(ぷん)し、醜い姿だったのだろう。元に戻されていたとはいえそれは綺(き)麗(れい)

な、生前と変わらない姿などでは全くない。はっきりとした死体。いわば綿を詰められたぬいぐるみなのだ。

八木沼は抜け殻になっていた。目の前にある遺体が慎一だということはわかる。石和や人々の言っていることもわかる。だがそれは隣町の花火。どこか遠い世界の出来事のように時間は流れていく。

「もうすぐ到着です」

霊柩車は右京区にある石和の自宅に到着した。八木沼は借家住まいということもあり、梅津にある石和宅に運ばれた。石和の家には法科大学院に通う若者が何人か来ていて、何でもお申し付けくださいと言っていた。

「ここの部屋に置かしてもらいますよ」

居間に入ると、葬儀屋の男が言った。居間の横の部屋は障子越しに仏壇がある。石和の両親の写真が飾られている。

「ここはとりあえず明日まで八木沼さんの部屋ということにしましょう、何かあったらいつでも呼んでください」

そう言って大学院生のリーダーのような青年は出て行った。その時バイクの停まる音が聞こえ、慌てながら蒼白な面持ちで一人の青年がずかずかと入ってきた。持田だ。

「おっさん……」

八木沼は顔を上げる。持田は興奮している。畜生、何でこんなことになったんだよ、というようなことをこの場のすべての人間の心を代弁するように叫んでいた。

夜も更け、ここへ来ていたほとんどの人々は帰った。居間には三人が残った。八木沼と石和、持田の三人だけだ。最近の葬儀会社は手際が良く、短時間で慎一の表情も少し穏やかにみせるように化粧してくれた。持田と石和は何もしゃべらない八木沼にあわせて黙っていた。

この場には今、静寂だけが存在することを許されている。

口を開いたのは八木沼だった。

「すまないが、慎一と二人だけにしてくれないか」

「わかったよ」

二人は部屋の外に出た。上からも特に音は聞こえない。完全に静かなこの居間で八木沼は十数年ぶりの親子二人という時間を過ごしている。変わり果てた姿になってこんなことなど無意味かもしれない。だが八木沼は慎一の頬に手を触れた。冷たい。それだけでなく弾力がない。赤ん坊の頃、妻の隣で頬をつついた時のことが思い出された。顔は十五年前と変わっていないのに全く別物になってしまったんだなあ、そう思った。

「慎一……」

八木沼は呼びかけた。だが何の反応もない。不意に抑えていた感情が襲ってきた。何故こんなことになった？　メロスとディオニス――あいつらは確実に存在する。やつらは誰だ？　何故やつらは沢井菜摘の姉たちを殺し、慎一をこんな目にあわせたんだ？

それらはほんの一日前までは自分の全てといえる思考だった。だがもうこんなことは無意味だ。たとえメロス、ディオニスの正体がわかろうがそいつらを罪には問えない。いやそんなことはどうでもいい。慎一は戻ってこないのだ。

「ごめんな、父さんはお前のためすべてを捨てて頑張った。いやそのつもりだった。だけどお前を救い出せなかった。お前は最後まで冤罪を訴えていたんだ。その思いに応(こた)えてやれなかった」

八木沼は顔をおおった。涙がこぼれ落ちてくる。慎一の名を抑えた声で唱えながら、その亡骸(なきがら)に取りすがりながら泣いていた。

時間が流れ、石和と持田が入ってきた。石和は八木沼の姿を見て耐え切れなくなったのか四つんばいになって謝罪した。涙で畳が濡(ぬ)れている。すいませんでした、私が再審請求をしておけばこんなことにはならなかったんです、と自分を過剰に責めていた。

「わかっていたんですよ、危ないことは！　沢井さんからも言われていた。何人もの死刑囚が再審請求をしていて、先に慎一君が執行されることもありえた！　それなのに私は却下された時のことを怖れ、請求をためらってしまった。最低の弁護士だ！」

「そんなことはない、あなたは良くやってくれた」

心のこもらないねぎらいの言葉をかける。涙声の弁護士と元弁護士を見ながら、持田もこれ以上ないほどの悲しみの表情を浮かべている。

「石和さん、すべては私の不徳のいたすところなんです。私は神谷実事件でその責任の重さに耐えかね刑事弁護から逃げた。そして慎一のことをまるでわかってやらなかった」

「それは違いますよ、八木沼さん」

「そうだよ、あんなに誰ががんばれるんだ？　ビラ配りやホームレス行脚なんて加害者の親として出来るもんじゃない」

　持田の言葉に八木沼は首を横に振る。

「ビラ配りも本当は嫌々だったんだ。こんなことをして意味があるのかっていつも思っていた。人から見られるのが苦痛で、嫌味を言われる程度のことがつらかった。ホームレスを訪ねるのでもそうだ。やろうと思えばもっと早くから出来たことだ。ホームレスごときに何がわかるみたいな見下した思いがあった。自分ががんばっている――私はこれ以上できないという思いこみの中に逃避してしまっていたんだ！」

二人は黙り込んだ。

「できたんだ……やろうと思えばなんだって！　それがたとえ法律に触れようとも。例えば大阪拘置所に包丁を持って侵入し、人質をとって慎一を解放せよということもできた。処刑が行われる場所はだいたい知っていたんだ！　そこに乗り込んで慎一を救い出すことも出来たかもしれない。私はそんなこともしなかった。どうしようもない腰抜けだ！」

「おっさん……」

「こんな命くれてやるのに、こんな命惜しくもなんともないのに、慎一、お前だけが私のすべてだったんだよ！」

ためていたものをすべて吐き出すように八木沼は泣いた。声はかすれ、涙と鼻水で顔はくしゃくしゃになっている。だがそんなことはどうでもいい。返してくれ、私のすべてを返してくれと八木沼は叫び続けていた。

告別式には多くの人々が集まっていた。

通夜はごく身内だけ数名で行ったのに対し、この告別式の来場者は五十人以上いるのではなかろうか。ほとんどが見かけない顔だ。かつて懇意にしていた弁護士、検事といった法曹仲間も縁遠くなってしまった。集まってくれたのは、テレビ放送やインターネットで事件を知った人々が中心だった。若者、女性が多い。そういえば拘置所の慎一には何人もの女性が獄中結婚を申し込んできていた。慎一は歯牙(しが)にもかけずすべて断っていたが、それでもあきらめられないのか慎一のファンのような人はいた。

「八木沼さん」

小柄な美しい女性が話しかけてきた。一瞬そういった女性の一人かと思ったが違う。被害者遺族の沢井菜摘だ。彼女は今どんな心境なのだろう。慎一が処刑されて溜飲(りゅういん)が下がった――そんな思いはまるでないに違いない。メロスとディオニスを彼女も信じている。あまりにもやりきれない思いでいるのではないか。

「どうか変な気は起こさないでください」

「ええ、自殺などは考えません」

八木沼はそう言った。菜摘はやや涙ぐんでいるように見える。

「八木沼さん、私は……」

彼女は何か言いかけたが言葉にならなかった。その間に誰かが声をかけてきて会話は途切れた。たいした会話は交わさなかったが、不思議と心が通じ合っているような思いがした。

来場者は更に増えた。死刑囚の葬儀というものはたいてい拘置所で人知れず行われるものだ。これだけの人を集めるというのは珍しいだろう。もっとも皆が純粋に慎一の死を悼んでくれているわけではないだろうが。

受付は石和の弟子のような青年たちと持田が中心になって担当してくれた。いつの間にか持田の髪は黒くなっていた。喪主の八木沼は葬儀会社の指示通りの役割をこなして頭を下げていればよかった。そんな中、二人の男女が言い争っているのが見えた。石和と真中由布子だった。

「あなたがちゃんと再審請求していればこんなことにはならなかったんでしょう！」

「どうせ死刑執行後の両遺族に興味があっただけだろ。こういうことはあまり報道されていないからな」

「ふざけないで、この無能弁護士！」

「こんな席で言い争いはやめろよ」

持田が間に入った。

「言いすぎだったわ、気を悪くしないで」

「そうだな、大人気なかった」

石和は真中との舌戦を終えると、八木沼の元へ歩んでくる。

八木沼は何も言わず、菜摘も言葉を返すことはなかった。

やがて慎一の遺体は火葬場に運ばれ、茶毘(だび)に付された。慎一の死というものを受け入れたつもりではあったが、いざ遺体が砂時計の粒のようになって出て来た時、八木沼は感情を抑えられなかった。その場にへたりこみ、誰をはばかることもなく泣いた。その八木沼の嗚咽(おえつ)に打たれたように会場からはすすり泣く声だけがしばらく聞こえていた。石和も持田も、名前も知らない多くの人も皆ハンカチで顔をおおっていた。


葬儀が終わると、人々は温かい言葉を残し帰っていった。ある意味

最も幸せな死刑囚――そんなフレーズが心の中に沸き起こってきたが
すぐに打ち消す。死んでしまってなにが幸せなものか。豪華な葬儀を
あげてもらおうが、鴨川に白骨死体で浮かぼうが変わりはない。もろ
くなった涙腺(るいせん)を八木沼は押さえつける。

その時二人の男が横に来た。石和と持田だった。

「こんな時になんだがおっさん、これからどうする？」

持田が先に言った。

わからん……八木沼はそれだけを言った。

「八木沼さん、メロス、ディオニスを捕まえましょう」

「そうすべきだ、おっさんには生きる糧が必要だ」

「こんなまま終わらせちゃいけない」

盛り上がる二人を他所に八木沼はどこか覚めていた。こんなことをして何がどうなる？　メロスやディオニスの正体など知ったところで慎一は帰らないんだ。そういう思いが支配している。もう自分の人生は終わった。慎一が刑場の露と消えた時に、自分もまた死んでいたのだ。

「八木沼さん、このままでは慎一君が浮かばれません！」

「そうだ、仇討ちだよ。慎一さんの仇討ち、メロスとディオニスを捕まえるんだ」

「親が子供の仇を討つことは理論上不可能だ。あれは男性尊属が殺された時にのみ有効な極めて理不尽なクソ制度だ」

細かい知識を披露して八木沼は持田の腰を折った。

「そんなことどうでもいいだろ、慎一さんの無念を晴らさないでいいのかよ」

「少し考える時間が欲しい」

立ち上がると八木沼は一人にしてくれと言った。慎一の死というものは自分のすべてを破壊していった。メロスとディオニス、奴らと戦ったこの一年が不思議と遠い昔のように感じられる。奴らが真犯人で慎一は死んだ。ある意味殺されたということだ。だが怒りの感情にすがることはできない。その糸はぷつりと切れている。埋めようのない虚空にただよっている。その切れた糸をつなぎあわせることは、今の八木沼にはできなかった。

2

子供たちの歓声が背後に聞こえる。八木沼は電車のホームに立っていた。

告別式を終えたあと、八木沼はふたたび背中押しの仕事に出ていた。石和や持田にはしばらく休んだ方がいいと言われたが、何かをしていたかった。通勤時間帯の京阪丹波橋駅は相変わらず人で溢(あふ)れている。クリスマスイヴとあってか、どこかみんなそわそわしているようだった。

八木沼は後ろに手を組みながら線路を見つめている。何も落ちてはいないが、もし何か落ちていても気づくまい。空っぽの心。自分にはもう何もない。

「二番線を電車が通過いたします」

アナウンスが流れ、濃淡二つの緑色をした巨大なかたまりが猛スピードで近づいてきた。回送列車だ。どういうわけか糸が切れたように八木沼の体は揺れた。そして列車の磁力に吸い寄せられるように前に傾く。抵抗する気は起きない。足を支えているものがなくなり、宙に舞っている感覚があった。死ぬのか？　そういう思考が少しだけあった。誰かの悲鳴がかすかに聞こえ、頭部に痛みと錆びた鉄の臭いを一瞬だけ感じた。意識は飛んでいた。

「大丈夫ですか！」

重なった声が聞こえる。緑色の制服が見えた。

顔を上げると駅員と若い押し屋仲間が蒼(あお)ざめた顔でこちらを見ている。乗客たちも集まってきていて、中高生の笑い声とわざとらしい舌打ちが聞こえた。押し屋がホームから落ちて轢(ひ)かれそうになるとはとんだお笑い種(ぐさ)だ。だが集まった仲間たちは八木沼の無事を確認してからも不安げに見えた。彼らも八木沼の息子が死刑になったことは知っているのだろう。事故ではなく自殺未遂だったのではないかと思っているのだ。

起こされた八木沼は駅員に連れられて駅員室へ向かう。椅子の上の大スポをどけると力なく腰をかけた。その五十代後半の駅員はしばらく何も言わずにこちらを見ていた。

「すいませんでした、ご迷惑をかけて」

沈黙に耐えかね、八木沼は口を開く。押し屋に自殺でもされたらたまったものではないだろう。自殺ではない。立ちくらみがしただけだ――そう弁解しようとしたが声が出ない。

「死なんときいや」

その色黒の駅員は悲しそうな目を向ける。八木沼は彼の目を見つめて何も言わずうつむいた。

「息子さんが死刑になったんですやろ？」

彼は言った。八木沼はうなずくことなく言う。

「自殺じゃありません、立ちくらみです」

だが言葉には力がなかった。果たしてあれは本当に立ちくらみだったのだろうか。自分でもわからない。遺書を書き、ちゃんとした形での自殺ではないにせよ、自殺とはたいていあんなものなのかもしれない。

「わしは自殺はあかんって頭ごなしに言う気はないんですわ。自分の人生や、好きにつこたらええ。ただまだ生きれるのに死ぬのはもったいない——そう思いましてな。回復の見込みのない病気で苦して仕方なくチューブを外すいうんならしゃあないとは思いますけど、そうやないなら生きとって欲しい。ただそれだけですわ。わしの見る限り、八木沼さん、あんたはまだ充分生きとらへんように思います」

そうですかと八木沼は言った。

「人生の先輩に対し、失礼な言い草ですけどな」

「ところでこのアルバイトの件なんですが……」

「八木沼さんはようやってはる思います。体力的にも問題なし！」

体力が続かない――言おうとしていたことを先に言われてしまった。

ただ精神面で不安があり迷惑をかける――そう思っていた。

「一緒に頑張りましょうや」

「はあ……」

「どうしてもあかんようになったら、また言うてください」

駅員は微笑んだ。その時、仕事が終わったのか他のアルバイトたちが急ぎながら入ってきた。みな心配そうな顔をしている。

「おい、お前らえらい早いやんけ」

色黒の駅員は若者たちに言った。

「今日は乗客少ないから早くあがれって言われました」

「誰にや？」

「駅長さんにです」

「アホ、何でじゃ、今頃客少なかったら会社潰（つぶ）れてまうわ。お前らも京阪の片棒かついどるんや、早う持ち場にもどれや」

　少しおかしな言い方をして駅員は口元を緩める。アルバイトたちも安心したように微笑んだ。駅員はアルバイトたちを追い払うように駅員室から出すと、自分も駅員室から出る。扉に手をかけたまま止まり、閉める前に言った。みんなええ奴ですわと。

「嘘つくことの下手くそな、アホばっかですけどな」

　その後、駅長に強引に病院に連れていかれ、検査を受けさせられた。

特に異常はない。八木沼は駅長と別れると京阪電車に乗っていた。行くあてなどない。無意味に宇治線に乗ったり、京都と大阪を何度か往復したりした。何と言う無駄なことをしているのだろう。石和や持田、葬式に来てくれた人々、京阪のみんな……多くの人々が支えてくれている。だがもう慎一は帰らない。どう時間を使おうが、同じことだ。

夕方になり、やっと八木沼は京阪を中書島で降りた。

携帯の電源を入れる。不在着信が六件も入っている。すべて石和からだ。こちらを気遣ってくれているのだろう。八木沼は義務的に石和に連絡を入れる。

待っていたかのように、石和は電話に出た。

「よかった……大丈夫でしたか、八木沼さん」

丹波橋でのことをもう聞きつけたようだ。

「事故です。自殺じゃありませんので」

そう言うと、石和はわかっていますと言った。

「ただ何度も連絡したのは、どうしてもあなたに会いたいって人がいるからです」

会いたいという人……少し考えたがまるで思い当たらない。沢井菜摘でもないだろう。マスコミの取材だろうか？　それだったらお断りだ。

「八木沼さん、その人にぜひ会ってください！」

石和は興奮気味に言った。こちらを気遣ってのことではあろうが、えらく熱心だ。石和はお願いしますと何度も言っている。八木沼はわかりましたと了解する。

「それじゃあ、後で車で迎えに行きますので」

通話は切れた。八木沼は仕方なく家で石和が来るのを待った。

三時間ほどして、石和の車が到着した。すでに外は暗い。

「すみません、お待たせしました」

助手席のドアを開けてから石和は言う。八木沼は何も言わずに乗り込んだ。

途中、石和は誰が来るとも言わなかった。八木沼も問わない。無言でクリスマスイヴの京都の街を眺めている。誰がやって来るというのだろう？　どこへ行くというのだろう？　だが知ったことではない。

この心を慰めることなど神でも不可能だ。そう言わざるを得ない。

やがて車は商店街の中に入る。ほとんどの店が閉まっていてカラオケやスナック、ラブホテル……営業しているのはそれくらいだ。電柱の脇で抱き合いながらキスをするカップルが見えた。車は紙屋(かみや)川を渡り、大将軍八神社の前を通り抜ける。小道を少しだけ北上すると、小さい教会を見つけた。

「ここです……着きました」

石和はそう言った。八木沼は車から降りる。教会にはこの時間でも明かりがついている。耳を澄まさずとも中からは賛美歌を歌う老若男女の声が聴こえた。入口には『クリスマスイヴに賛美歌を一緒に歌いませんか？』と書かれたポスターが貼ってあった。石和は扉を開ける。

二十人足らずの人々が楽譜を手に賛美歌を歌っていた。沢井菜摘の姿も見える。彼女のことかと問うと、石和は違いますと言った。迷惑にならぬよう、八木沼は石和の後に続いて椅子に座った。

「本日はこんな時間にお集まりいただきまして、ありがとうございます」

牧師は集まった人々の前で話し始めた。彼の声には包容力があり、聖書の引用などお堅い話になりそうなところでは冗談を絡めながらきわめて知的に話した。聴衆は時に笑ったり、時に真剣な表情を浮かべたり、牧師の話に聞き入っていた。

八木沼は思った。会って欲しい人とはこの牧師のことか――ためになる話をしてくれているのだろうが、あいにく何も感じない。ただ一生懸命やってくれている石和の顔を立てて、最後までいてやろう。どうせ帰っても何もすることもないのだし。

やがて牧師の話も終り、みんなでもう一度賛美歌を歌ってからお開きとなった。ぞろぞろと教会から人々は出て行き、今この教会には八木沼以外に四人を残すのみだ。牧師の佐々木、弁護士の石和、沢井菜摘、そしてひときわ目立つスキンヘッドの四十代後半くらいの男。残ったメンバーはこのスキンヘッドの男を中心に円を描くように集まった。牧師はそれじゃあ私はと言うと外に出て行った。静寂の中、石和が語り始める。

「八木沼さん、沢井さん、今日来ていただいたのは、ご住職のお話を聞いて、私自身思うところがあったからです」

スキンヘッドの男は眼鏡をかけていた。着ている物はカジュアルだが、どことなく物腰が普通の人とは違う。住職……僧侶か？　そういえばどこかで見た記憶がある。

「私は八木沼慎一さんの処刑に立ち会った者です。処刑の様子について拘置所でお話し出来なかったことを聞いていただきたく参上しました」

「それじゃあ、あなたが最後に読経した人ですか」

八木沼は思い出した。そういえば大阪拘置所の応接室で、慎一の死について何か言いかけていた僧侶がいた。そうか……それでかすかに覚えていたのか。

「いいんですか？　こんなところにまで来て」

八木沼は問いかける。名も知らぬ住職は首を傾げた。

「かなり不味（まず）いと思います」

「それじゃあ、わざわざ来はったってことはよっぽど重要な何かがある――そういうことですか」

菜摘の問いに僧侶は黙って一度うなずく。

「私はこのことを皆さんにお伝えしなければ、一生後悔すると思ってはせ参じました。早速本題の方に入りたいと思いますが、よろしいですか？」

全員がうなずいた。僧侶は立ち上がると、菜摘の方へ歩み寄り紙切れを渡した。それはよく見ると楽譜だった。弾いていただけますかと言われ、彼女はええと答えた。パイプオルガンの方へ歩く。椅子に腰掛け楽譜を立てた。菜摘は一度振り向くと、弾いてもいいかと訊ねる。

だがそれを僧侶は手で制止した。

「少しだけ待ってください」

そう言ってから彼は八木沼の方を見た。

「八木沼さん」

呼びかけに八木沼は顔をあげる。

「応接室で私が言いかけたことをお話しします。慎一さんが舌を噛(か)み切った理由です。あれはしゃべっていたからではありません」

「じゃあ何なんですか？」

「歌です、歌っていたんですよ慎一さんは」

歌っていた？　どういうことだ。

「まるで呪文のような歌でした。私たちは必死でお経を読んでいたのでその時は気づきませんでした。しかし急に彼の声が大きくなったのです。とてつもない大声で初めは恐怖のあまりおかしくなってしまったのかと思いました。でも違ったんです」

八木沼は射貫くような鋭い眼差しを僧侶に送った。

「彼の声は恐怖にとらわれた絶叫などでは決してない。あまりにも雄雄しく美しいテノールの歌声だったんです。よく知らない外国の歌でした。魂の叫びというのでしょうか、心に直接響くような歌声です。とてつもないその歌声に私は思わず仕事を忘れ彼を見つめました。こんなことなど誰が予想できるでしょう？　彼は目隠しの暗闇の中、恐怖の中で精一杯歌い続けていたのです。その声はたった一人で我々の読経を打ち消しました」

慎一は死の前に歌っていた――僧侶の言葉に、八木沼は捉えられていた。どんなに怖かったのだろう。つらかったのだろう。今さら悲劇は覆せない。もう聞きたくない――そういう思いもある。だが黙って八木沼は聞いていた。

「以前何回か処刑に立ち会ったことのある方も冷や汗を流し、こんなのは初めてだと言われていました。私は途中から慎一さんの冥福のためというより、あの歌の呪いから自分を守るためにお経をあげていたような気がします」

僧侶はそこで一度息をつぐ。だがすぐに続けて言った。

「私はあの処刑の場面があれから頭から離れませんでした。いえ、正確には慎一さんが歌っていた曲が離れなかったのです。私はあの曲が何の歌かと思って調べました。よくわかりませんでした。でも石和さんに話すと、ひょっとしたらこの曲なのではないかと言われたのです。そしてそれはその通りでした」

僧侶の言葉を、石和が引き継いだ。

「呪文のごとき出だし——その言葉からピンときました。それは事件の直前、慎一君たちあおぞら合唱団が歌っていた曲だったのです。『Soon-ah will be done』という黒人霊歌です」

八木沼は思った。その曲は知っている。学生の頃、合唱で歌ったことがある曲だ。有名だが、どういうわけか合唱をやっていない人はほとんど知らない。

「Soon-ah will be done――もうすぐ私は終りだ。あの事件の日、慎一君は私にこの曲の意味を教えてくれました。黒人霊歌は虐げられた黒人たちの魂の叫び。この曲も例外じゃありません。死を前にしてもなお己（おの）が生命を雄雄しく歌い上げる心に響く曲です」

石和は言うと反転し、菜摘に向かって言う。

「沢井さん、お願いします、弾いていただけますか」

「あ……はい」

彼女は少しだけ発声練習をすると、慣れない手つきでパイプオルガンを弾き始める。

「Soon ah will be don' a-wid de trouble cb de worl', trouble ob de worl' de trouble ob de worl' ……」

それは確かに呪文のようだった。だがわかっている。それは初めだけ。ここはできるだけ小声で歌う。感情を押し殺しながら次に一気に爆発させるために。

その部分を菜摘は恥じることなくソプラノで歌い上げた。

「I wan' t'meet my mother, I wan' t'meet my mother, I wan' t'meet my mother, I'm goin' t' live wid God!」

「ここだ！　この部分です！」

声を出して僧侶は菜摘の歌を止めた。

「何かおかしかったですか？」

八木沼は静かな声で訊いた。

「私も学生の頃歌ったことがあるが、間違っていないでしょう？」

「いえ八木沼さん、そういうことではないのです」

僧侶は手を軽く振った。

「と言うと?」

「歌詞があのときと違うんです。私が拘置所で聴いた慎一さんの『Soon-ah will be done』はこんな歌詞じゃなかった」

八木沼は顔を上げる。どこかが違っていたのですか? そう訊ねた。

「単語が一つだけ明らかに違っていました」

「そうです。住職の言われる通りごく一部です。ですがその単語一つの違いのために、こうして集まってもらったといっていいくらいです」

石和が口を挟んだ。僧侶はもう一度言った。

「慎一さんが歌っていたのはmotherじゃありません。fatherと明らかに歌っていたんです」

「何だって！」

八木沼は初めて驚いた顔を見せた。

「聞き違いではないのですか！」

八木沼は噛みつくように僧侶に訊ねた。

「百パーセントありません。慎一さんは間違いなくfatherと歌っていました。私は英語に自信はありませんが、日本人の発音ですから聞き分けることくらいはできます」

僧侶の話を聞いて、八木沼は両手を長机につく。しばらく動かなかった。体重を支える両腕が細かく震えている。なんということだ。

「八木沼さん、大丈夫ですか」

石和が駆け寄った。だが誰の声も届かない。

I wan't meet my father――お父さんに会いたい！

慎一はこちらが申し込んでもずっと会おうとしなかった。会いたくない――そう言っていた。それなのに死の直前でこんな歌を歌うなんて……慎一は本当は会いたいと思っていた。その本心が最後の最後になってこんな歌として出たのだ。僧侶がこんなところを訪れるなど異常なことだ。慎一も予想などできまい。つまり慎一はこの歌を誰かに聴かせようと思って歌ったのではない。届くはずのない声でこの父に……自分の本心、その最後の叫びとして歌ったのだ。

――本当は会いたかったよ……ごめんね、父さん。

そんな声がどこからか聞こえた。その時、抑えられない思いが体の奥から沸き上がってきた。とても耐えきれない。八木沼は大声を出して叫んだ。

「何故だ……何故だ、慎一！」

その夜、僧侶との話はそこで終わった。

八木沼は一度教会の外に出る。名も知らない僧侶は車に乗って去っていく。おそらく二度と会うことはないだろう。教会の中からは、パイプオルガンの音色が聴こえてくる。誰かがまだ残って、一人弾いているようだ。『Soon-ah will be done』。菜摘だろう。

感情はようやく収まりつつある。冷静な思考が戻ってきた。慎一が自分に会うことを拒み続けた意味を八木沼は考える。だがわからない。
ただ言えることは慎一には自分に会えない事情があったということだ。
それはきっと事件のことだろう。届かないと知りつつ、慎一は最後に
思いを遺した。どうしようもない状況下で自分に向けて叫んだ。
――このまま終わらせちゃいけない。
心の奥に何かが燃えていた。八木沼は教会を見上げる。
「八木沼さん、帰りますか？　お送りしますよ」
声をかけてきたのは石和だ。八木沼はそちらを向く。そういえば礼
をまだ言っていなかった。
「石和さん、今日はありがとう……あの住職に会わせてくれて」
石和は微笑むとそれに応えた。

「よかったです……私はでしゃばった真似をしたかと」

軽くかぶりを振ると、八木沼は無言で笑みを返した。

「八木沼さん、捕まえましょう、真犯人を！」

八木沼はうなずいた。遅れてええと言う。

だが今、心はここにない。八木沼は音楽を聴いていた。教会から聞こえてくるパイプオルガンの曲は確かに『Soon-ah will be done』だ。

慎一は死の間際にこの曲を歌った。この父にだけ向けて。だが本当はこの夜空の下で歌いたかったのだ。

――そうだ、まだ終わっていない。

生きる目的が見つかった気がする。慎一……お前の思いはまだわからない。だがどうしても知りたい――強くそう思った。頭には一

wan't t'meet my father という一節が、パイプオルガンの音色と共にずっと鳴り響いている。石和は八木沼を車に誘った。帰りましょうと言っている。八木沼は背を向けたまま答えた。
「ええ、帰ります。ただ……少しだけ待ってください」

3

皆が外に出て行き、菜摘は一人、長椅子に座っていた。
憎侶が告げた八木沼慎一の最後が、頭にこびりついて離れない。何故……その思いが増幅していく。だがその疑問は、彼が父に会わなかった理由だけではない。何故姉は殺されたのだろう？　メロスとは、ディオニスとは誰なのだろう？　そしてどうして自分はあのことを誰にも言わなかったのだろう？　特に最後のどうしてが菜摘を責めている。

「お話は終わりましたか」

振り返ると、小柄な人影が見えた。牧師の佐々木だ。

「すいません、長居してしまって」

菜摘は恐縮したように言った。

「いえ、この教会もいつもこんなに賑やかだといいのですが」

そうですかと菜摘は応じた。

「今日は本来のクリスマスイヴらしい有意義な時間を過ごさせてもらいました。日本のクリスマスイヴは聖夜じゃなく俗夜ですから」

菜摘の言葉を、佐々木牧師は黙って聞いていた。

「恋愛感情をあおりたてたり、クリスマス商戦があったりするやないですか。十一月からライトアップしてるところもあるし。言うなら俗夜、汚れた夜です」

菜摘はそう言って微笑む。ただどことなく虚(むな)しい。本当はこんなことなど何の関心もないからだろう。佐々木も菜摘につられて笑みを返した。だがそれは愛想笑いに過ぎない。菜摘は避けて通るのも嫌だったので、自分から事件のことについてふってみた。

「あのお坊さんは牧師様のお知り合いなんですか？　キリスト教と仏教で違うのに」

「ええ、知り合いなんです。以前言いませんでしたか」

「そうでしたっけ？」

菜摘は言ってから思い出す。最初に彼と会った時、菜摘は訊ねた。牧師様は教誨師でもしているのかと。佐々木はそうではないが、教誨師の知人がいると答えた。

「彼のお父さんの時代から知っています。大きな寺のあととりでしてね。少し臆病ですが、まあ悪い人じゃありません。事件についてぜひ話したいと言われまして、石和さんの法律事務所を通じてあなたと八木沼さんに連絡してもらいました」

「でも正直、あれだけでは何もわからへんです」

話したいことがあるというから、もっとすごいことだと思った。だがあれだけでは事件の解決にはほとんど結びつかないだろう。八木沼慎一の死の様子が報告されただけだ。ただ菜摘にはそうではない。八木沼慎一が『Soon-ah will be done』を歌いながら死んだ。それにはきっと意味がある。八木沼が感じたショックはもっとだろう。

「沢井さん、一ついいですか」

「あ、はい。何ですか」

菜摘は言った。だが佐々木からすぐに問いはふって来なかった。菜摘は思う。以前ここで佐々木は菜摘に問いかけた。加害者が死刑に処されたら被害者の苦しみが消えるかと。菜摘は答えた。失くならなくても、少しはましになるかもしれないと。佐々木は死刑制度の掘った穴だけしか埋まらないと言った。それが現実になった今、どうなのかと問いたいのではないか。

だが佐々木の問いは、まるで違っていた。

「沢井さん、以前から思っていました。あなたの心の中にある苦しみ……それはお姉さんの死だけではありませんよね？」

その問いに菜摘は黙った。その通りだ。この自分が八木沼慎一を殺してしまったのではないか？　どうして自分は台本のこと、そしてあのことを言わなかったのか——その思いがある。わかりませんと言った後で、懺悔するように続けた。

「私は今、八木沼慎一は冤罪やったと思っています」

本心だ。菜摘は続けて言う。

「裁判で私は彼が家から出てきたと証言しました。それにジャーナリストの取材を受け、極刑を望むと言いました。私のことを人殺しだと呼ぶ人もいます」

「あなたはそのことを、否定してもらいたいわけでもないのでしょう？」

優しげな表情で佐々木はこちらをじっと見ている。本心が少しだけ溢れた。

「ホンマにあの人が冤罪やったら、どうしたらいいんでしょうか」

佐々木牧師は少し間を置いてから言った。

「それだけですか……本当に」

菜摘はえっと言った。

「あなたが思いをぶつける相手は、私より適任がいるようですね」

佐々木は背を向けると、外に出て一条通の方へ歩いていく。

菜摘は何も言わない。佐々木はすべてを見通しているように思えた。だがあえて何も言わないといった感じだ。菜摘はしばらくじっとしていたが、立ち上がるとパイプオルガンの前まで歩いた。残された『Soon-ah will be done』の楽譜を見下ろしている。

やがて菜摘は椅子に腰掛ける。あの人は、八木沼慎一は事件の日にこの歌を歌っていた。そして死ぬ前にも……この曲は特別な曲だ。きっとお姉ちゃんにとっても。まるで吸い寄せられるように菜摘の手は鍵盤を叩き始めた。演奏を始める。

目を閉じずとも、二人の顔が浮かんできた。一人は姉、恵美の顔だ。いつも優しく、わがままを言っても赦してくれた姉。私の大好きなお姉ちゃん……もう一人は八木沼慎一だ。あの人は私の家庭教師だった。頭がいいだけではなく面白くて、優しい人……二人は仲が良かった。

姉が好きだったのは間違いなく八木沼慎一だ。姉の性格からしてそれはきっと一生変わらない。わかっている。そして私は……。

その時、教会の入口から音がした。

菜摘は演奏をやめた。振り返る。そこには人影が見えた。佐々木かと思ったがそうではない。その人影は、もっと大きかった。

「……八木沼さん」

その小さな声に、大きな影は無言だった。

「『Soon-ah will be done』、この曲、よくご存じなんですか」

菜摘の問いに、ええと八木沼は言った。

「学生の頃は合唱団に入っていましてね。その時よく歌いました」

「私はあの事件の日に初めて聴かされました。お姉ちゃんと一緒に、賀茂大橋の上から……歌っていたのは、あおぞら合唱団でした」

「そうですか、慎一も一緒に歌っていたんですね？」

一緒に歌っていた……というより自分には彼の声しか聞こえなかった。それほど神々しい姿だった。そう言おうとしたが、言葉にならなかった。そんなことより今はただ、こうなってしまったことへの懺悔を聞いてもらいたかった。

問いに答えずうつむく菜摘を不審に思ったのか、八木沼は一歩距離をつめる。こちらを見た。菜摘は顔を上げると、抑えきれない感情を八木沼に向かって解き放った。

「私が慎一さんを殺したんかもしれへんです！」

八木沼は何も言わない。こっちを見るだけだ。

「今までずっと黙ってきたんです！」

黙ってきた？　小さな声が八木沼から漏れる。

「メロスから初めて電話があった時、彼はこう言うていたんです。現場には『走れメロス』の台本があったって。これは犯人しか知りえない事実なんとちゃいますか。このことを私は隠してきました。心のどこかに敵に塩を送るみたいな思いがあって、言うことをためらってしまったんです。石和さんが再審請求の新証拠を必死で探しとったのに、私は黙っとったんです。私がこのことを石和さんに言うとったら慎一さんは……」

悲しげな目を八木沼は菜摘に向けていた。

それが非難を帯びていたのかどうかは菜摘にはわからない。八木沼はしばらく黙って教会奥に掲げられたキリストの像を見つめている。菜摘はすいませんでした！　と何回か繰り返した。自分でもわからない。自分はどういう答えを八木沼から聞きたいのだろう？　慰めの言葉か？　怒りをぶつけて欲しいのか？　それすらもわからない。

「教えてください！　私がメロスから聞いた『走れメロス』の台本のことは、再審請求をするための新規の証拠になりえたんですか？」

八木沼は黙っていた。ただ深く考えている様子ではなかった。

「どうなんですか、正直に言うてください！」

横を向くと、八木沼は静かな口調で答えた。

「君の証言で再審請求が通るかどうかはわからない。それはあくまで総合判断だ。だが請求するための新規の証拠にはなりえただろう。私が主任弁護人なら、再審請求をためらわない」

　菜摘は両手で口元を押さえた。叫びだしたい思いだった。押し留(とど)めようとしても思いは涙となって目からボロボロとこぼれ落ちてくる。やはり殺したのだ。自分は八木沼慎一を殺してしまったのだ。耐え切れず菜摘はその場にくずおれ、叫んでいた。八木沼は目頭に手を当てている。その顔を菜摘はまともに見られなかった。

　一分ほどが経ってから、ようやく八木沼は菜摘に声をかけた。

「今、ようやく君の心がわかった気がするよ」

　鼻水をすすると、菜摘は顔を上げた。八木沼は続けて言った。

「今までの君の言葉の裏には、違う思いがあったんだね」

　違う思いって？　震える声で菜摘は言った。

「怒り、憎しみではない……後悔の念でもないように感じる」

「何やと思わはるんですか」

「君がずっと隠してきた思いだよ」

菜摘は目を逸らせた。口元に手をあてがい、しばらくうつむいていた。菜摘のピアニストのように細くしなやかな手は少し震えた。小さな、それでいて感情のこもった声で言った。

「好きやったから」

八木沼は黙ってこちらを見ていた。

感情の昂ぶりとともに菜摘の白いうなじが朱に染まっていく。

「慎一さんが好きやったんです！　今も、本当はずっと！」

八木沼は何も言わない。思いを吐き出した菜摘を八木沼は大きな体で支えた。八木沼の腕の中で菜摘は泣いていた。好きやった！　本当はずっとずっと慎一さんが好きやったと叫んでいた。

菜摘は自分を偽っていた。姉を失った怒りと憎しみ、それを誰かにぶつけなければいけない。それが絵に描いたような悪人なら救われたかもしれない。だがそれは自分が最も好きな人間だった。その矛盾する思いに十五年以上も引き裂かれてきた。憎しみと愛情がぐちゃぐちゃに入り混じった思いでいたのだ。その思いが八木沼の心の中に忍び込んだのか、彼の目も涙で潤んでいる。菜摘ははばかることなく八木沼の胸で泣いた。

「誰にもよう言われへんかった！」

教会の明かりが消され、扉は閉ざされた。

気づくと日付は変わっている。八木沼は石和に送られて車で帰った。菜摘は八木沼と別れて自転車に乗った。ずっと溜め込んでいた思いを吐き出した今もまだ胸が痛い。八木沼の優しさは、自分がずっと愛してきたあの人と同じだった。十二月の風は寒い。菜摘はクリスマスの今出川通を自転車で駆け抜ける。一方通行の油小路を上がると家の中へ入った。靴を乱雑に脱ぎすてて仏壇の前に立つ。そこには姉と母の遺影があった。

菜摘は遺影の姉を見つめながら思う。自分は誰にもずっと言えなかった。八木沼慎一が好きだったことを。二人の幸せを願いながらどこかで自分は邪魔をしたい気持ちがあった。もっと早く全てを打ち明けていれば、お姉ちゃんの好きだったあの人は死ななくてすんだのかもしれない。自分は加害者を憎まなければいけない――その想いにずっと縛られていたのだ。

　思えばおかしいことだった。あの日、長尾と姉――二人の遺体のうち、姉の方だけが何度も刺されていた。八木沼慎一が本当に嫉妬したのなら長尾の方が何度も刺されているはずだ。だいたい姉は八木沼慎一を一筋に愛していた。長尾のことなど歯牙にもかけていないだろう。このことも誰にも言っていない。確かにこれは姉の主観の問題だ。自分がそう思うだけで真実とは限らない。だがきっと間違いはない。自分がそう思うだけ――こんなのは言い訳にすぎない。

　菜摘は引き出しからアルバムを出すと、そこから一枚の写真を抜き取った。
小さな菜摘の後ろには姉の恵美、その横には八木沼慎一が写ってい
る。家庭教師で来ていた時の写真だ。この写真にはずっと目を背けて
きたので、見るのは何年ぶりだろう。
二人、ずっと幸せでいて欲しい――今ならハッキリとそう思える。
だがいくら後悔しても無駄だ。もう二人は戻らない。少しでも前を向
かなくてはいけない。せめて自分がメロスとディオニスを捕まえる
ことができれば……そう思った。八木沼慎一が遺（のこ）したI wan' t'meet
my father――その思いに応（こた）えるためにも。
「……お姉ちゃん、慎一さん、ごめんね」
それは声にならないほどのつぶやきだった。菜摘は手に取った写真

を仏壇に置く。私は邪魔やねと言って下部に写った自分の姿だけを見えないように飾る。二人には笑みがあった。この先待っている悲劇など予想できない幸せな笑みだ。これでいい。これで二人はずっと一緒、誰にも邪魔はされへんから――そう思うと、菜摘は仏前で静かに手を合わせていた。

4

口元を少しだけ緩ませながら、八木沼は持田に一枚のビラを渡した。ここは京都駅。持田とは去年、この京都駅近くで出会った。新しく刷り上がったビラを見て持田は驚きの声を上げる。八木沼は百枚以上ビラの入った袋を持ち上げると、中央コンコースからガラス張りの天井を見上げる。ゆっくりと歩き、京都駅ビルの室町小路広場に向かった。正月の人出は一段落したとはいえ、年明けの京都駅はいまだに人が多い。持田はビラを見ながら歩いていたので、すれ違う人とぶつかりそうになっていた。

新しいビラには『雪冤』と書かれている。

メロスやディオニスといった名前はもちろん、彼らにつながる情報提供者には多額の懸賞金を出すと書いた。おそらく死刑を執行された者の遺族がこんなことをする例はあるまい。沢井菜摘はともかく、被害者遺族へ喧嘩を売る行為ともとらえられかねない。

「驚いたか？」

「ああ……おっさんがやる気を出してくれたのはうれしいけど、ここまでするとは思わなかったよ。やりすぎじゃねえか？　反感を買うことになるよ」

八木沼はそれも覚悟の上と答えた。

「けどよ、懸賞金五千万ってのはどうなんだよ？　金で真実を買うみたいに思われるんじゃねえか。いつかみたいに文句言われてもしらねえぞ……」

「構うものか、有効ならやるべきだろ」

ふうん、と持田は気のない返事をした。続けて言う。

「ところでおっさん、このユキウサギにはどういう意味があるんだ？」

「セツエンって読む。無実の罪を晴らすってことさ」

室町小路広場には先客がいた。

肩からたすきをかけ、署名を呼びかけている。京都の犯罪被害者遺族会の人たちだ。八木沼は通行客のように近寄ってしばらく眺めていた。遺族感情をもっと取り入れ、被害者のための司法実現を訴えている。テレビなどで知っている顔もある。時効廃止を訴えている小岩井薫という有名な遺族会幹部の姿も見えた。遺族として有名になることは彼らも不本意なのだろうが、これも死んだ人のため、社会のためと信じて訴えている。

「無理だな、場所変えよ」

持田が小声で言った。八木沼もうなずく。彼らは自分たちとは立場が違う。だが置かれた状況が違えば自分も彼らと同じ行動をとっていただろう。愛するものをなくした無念の思い。そのどうしようもない思いは同じだ。そのはけ口が違うに過ぎない。

「まあ被害者遺族が厳罰を求めるのは当然だろうな」

持田の問いに、八木沼はああと言った。

「その通りだ。こういう感情を無視した死刑制度論は無意味だ。まったく別次元の問題ではあるが、それはそれとして納得行くまで論じなければいけない。私は弁護士時代、死刑廃止を主張していたが、どこまでその意識があっただろうかと今は思う」

「死刑を求めない遺族もいるだろうけどな」

そうだなと八木沼は言った。ＭＶＦＲ（Murder Victims' Families for Reconciliation）という名の殺人事件被害者遺族の会がアメリカにはある。この被害者遺族の会は死刑廃止を求め活動している。死刑執行で家族を失った者でも会員になれるらしい——持田はふうんと答える。

「被害者遺族同士で争うのはヤバイな」

「みんな苦しみのはけ口をどこかに求めたいのさ。それが形を変えて色々な運動になる。運動ってのはどうしても何かを打ち倒すというか悪を求めるものになってしまいがちだからな。そこが悲しい。不要な対立、誤解が生じやすいんだ。それを利用しようとする奴らも出てくるし」

「そいつらもちっこいジャムおじさんだな」

前に聞いた持田の言葉に、八木沼は軽く笑った。

八木沼と持田は室町小路広場でのビラ配りをあきらめ、嵯峨野線の乗り場の方へ向かう。階段の辺りでこの日はビラを配った。今までのビラ配りとは何となく違っている。受け取ってくれる人たちも慎一が処刑されたことは知っている。可哀想にという思いもあるのかこれまでに比べ、受け取ってくれる比率が高くなっていた。

ビラを叩いて内容を宣伝してくれている若者もいた。文句を言ってくる人はいない。この日は一時間ほどのビラまきで、予定していたビラはすべて捌けてしまった。

「雪冤に協力して欲しいってホームページも作ったんだ」

八木沼は持田にお疲れとコーラを渡した。

「おっさんが作ったのか」

「いや、石和さんの知り合い、プロに任せた」
「慎一さんが何とかいう黒人霊歌を歌ってたことが、そんなにおっさんを変えたんだな」
「真実を見つけるまで、私は残りの人生すべてをかけるよ」

去年のクリスマスから、八木沼の行動は積極的になっていた。
最初にしたことは天使突抜で渡された金を警察に届けることだ。警察は驚いていたが、すでに死刑執行された事件だ。おそらく動いてくれることはないだろう。逆に何故今まで黙っていたのかという批判も予想された。だから八木沼はそのことについても言及する。自分は馬鹿だった。その時はメロスの自首を信じてしまった、と正直に理由もネットで詳しく開示した。

そして重要なのが懸賞金のことだ。情報提供者への懸賞金は自分の全財産であり、この事件を解決するためにすべてを賭けているという意思がネット上で示された。真中由布子にも接触し、ドキュメンタリーなり、死刑制度の討論番組なりに呼んでもらえれば積極的にしゃべりたいということも書いた。だが反響は芳しくない。持田が危惧したように真実を金で買う気か、と怒りの手紙が何通も届いた。そんな金があるなら被害者遺族にもっと払ってやれという声も聞かれた。メロスから渡された金についてもどうせ自作自演だろ、あの石和とかいう弁護士の考えそうなことだ、と反発がほとんどだった。

それに感じるのは京都駅で見た厳罰を求める遺族会との壁――何と

かならないのだろうかとは思うものの、現状では有効な手段がない。遺族同士がいがみ合う。互いを悪者にしあう。そんな最悪の図式だけは何とか回避したいものだ。

八木沼はパソコンをシャットダウンすると、京阪で出町柳方面へ向かう。

鴨川ならどこで降りても良かったが、とりあえず出町柳で降りた。賀茂大橋から下を眺める。ホームレスの姿は見られない。ホームレスの数は最近、減少傾向にある。八木沼が生活保護や自立センターのことを言うと、何人かはホームレス生活をやめた。

思えばここがすべての始まりだった。慎一は事件の日、ここで歌っていたのだ。初めて来た時もそれは思ったが、今は違う。死の間際のことを考えずにはいられない。事件の前どういうつもりで慎一は『Soon-ah will be done』を歌っていたのか。そして死の直前、どういう思いでこの父に会いたいと叫んでいたのか。

八木沼は賀茂大橋を離れ、コートのポケットに両手を入れながら荒神橋の方へ歩き始める。

「よう、久しぶりやんけ」

鴨川沿いをしばらく歩くと、見知ったホームレスに声をかけられた。やっさんではない。シアトルマリナーズの帽子をかぶった男だ。

「ご無沙汰しています。寒いですね」

男は気分がよさそうだった。空き缶引き取り業者へ行って金をもらったばかりらしい。八木沼は鬼ごろしを差し出す。シアトルマリナーズの帽子をかぶった男はいつも悪いなと言った。すぐに一杯目を口にしていた。慎一が死んだことを知っているのだろうか。鴨川のホームレスの中にはテレビを持っている者もいるから、誰かしら彼の耳に入れた可能性は高い。

「これ、一応渡しておきます」

そう言って新しく刷ったビラを手渡す。シアトルマリナーズの帽子をかぶった男は顔を赤らめつつビラを眺めた。しばらくすると渡されたビラと酒を地面に置き、大きく息を吐き出した。

「何もかける言葉があらへんわ、つらいなあ」

八木沼は力なくええと答えた。鴨川でホームレスに話を聞き始めて結局うるものはなかった。やっさんなども鴨川のホームレス事情に関しては生き字引のような存在だが、これといって情報をくれたわけではない。だがそんなことを責めるのはお門違いだ。八木沼は彼らとの付き合いの中で、今までの人生で学び得なかったことを学んだ——そんな思いもあった。

「まだ真犯人、調べるつもりなんかい」

「死ぬまで追うつもりです。取るに足りない情報にもすがりたい」

「息子さんの仇討ちいうわけか」

シアトルマリナーズの帽子をかぶった男は、くさい息を吐き出す。それを気にしない振りをしながら、八木沼は問いかけた。

「そういえば、やっさんはいますか」

「ああ、おるよ。そやけどだいぶ体悪いで。医者に見せなあかん思う」

「そうですか、あまり無理は出来ませんね」

八木沼は南の方へ歩いた。賀茂大橋を過ぎ、しばらくすると荒神橋が見えてくる。それにしても寒い。そう思っていたら、ちらほらと雪が降ってきた。ほとんどのホームレスたちはテントの中に入っているようだ。ただ橋の下、ドラム缶でゴミを燃やして暖をとっている老人がいた。すすを塗りたくったような顔で年はわかりにくい。だが彼ではない。やっさんはテントの中で寝ていた。声をかけても起き上がらない。どういうわけか急に老け込んだように映る。

「困ったなあ、どうしたんやろうか」

「そうですか、それでしたらまた出直してきますよ」

「よう、やっさん、寝とらんと話したってくれや」

シアトルマリナーズの帽子をかぶった男はやっさんを揺さぶった。

だがやっさんは無視している。

その時、やっさんから異臭がし出した。よく見ると彼の足元が濡れている。失禁しているのだ。それだけでなく顔を背けたくなるような臭いもした。便の臭いだ。異常だ。これは話を聞くうんぬんでなく、すぐに病院に連れて行くべきだろう。

「病院へ行きましょう」

「やっさんが金もっとると思うか」

シアトルマリナーズの帽子をかぶった男が言った。

「いいえ、私が出しますよ。知っている支援団体もある。行きましょう」

八木沼はやっさんの腕をつかんだ。だがその時、やっさんは叫び声を上げた。

「いやじゃあ！　わしは病院はいやじゃあ！」

最早手に負えなかった。やっさんは何故か泣いていた。

「触るなあ！　わしに構わんといてくれや！」

やっさんは取り付く島もなかった。どうしてしまったのだろうか？

以前からおかしかったが、以前に比べかなり病状は進行しているようだ。拒んでいるが、無理にでも病院に連れて行った方がいい。今度ホームレス支援センターに行ってみよう。

「また来ますよ……無理はなさらないでください」

言い残すと、八木沼はテントを出る。だが一度だけ振り返った。やっさんが呼んだ気がしたのだ。だが気のせいのようだ。八木沼は荒神橋を離れ、賀茂大橋へ向かう。道すがら、肩に軽くつもった雪を払いのけると、八木沼は空を見上げる。雪は音もなく降り続いていた。

雪冤のホームページが出来てから、二週間程が経った。

懸賞金の額が桁違い（けたちが）いだったこともあり、情報は毎日のように寄せられる。そのほとんどがガセであるとすぐにわかるものだ。ただそうでないものもある。二月のある日、八木沼は守口（もりぐち）市にまで足を運んでいた。だが書かれた住所は廃棄された工場で、壁に悪ガキどもがスプレーで書いていったバカという文字が躍っている。どうしてもお話ししたいというので来たのだが、完全にいたずらだった。見分ける能力がまだ自分にはないようだ。

寝屋川の近くまで来たこともあり、以前住んでいた家があったところまで少し遠出した。夜になったが二月に入り、幾分か寒さは和らいできたように思う。寝屋川に張られた青いアミの向こうを見ながら、八木沼はしばらく進んだ。妙に高い堤が張りめぐらされており、子供のいたずら書きのような絵がいたるところに描かれている。

「この辺は変わっていないな」

小さくつぶやく。近くても移動は車を使っていたので歩くとけっこうな距離がある。だがやがて八木沼は歩みを止めた。そこは古本屋とカラオケが一緒になったアミューズメントストアだった。一階には中古のマンガ本が所狭しと並んでおり、上からはカラオケの声が聴こえてくる。駐車場には改造された車や、中高生の自転車が幾つも並べられていた。

ここはかつて八木沼の家があった場所だ。先祖代々受け継がれてきた五百坪の土地。それを自分はむざむざ明け渡さざるを得なかった。家を新築したときはそんなこと想像もしなかった。慎一のために部屋は広くしよう、朝日を部屋一杯に取り込むための出窓をつけよう、泳げるような広々としたバスルームも欲しい。星が綺麗に見える寝室であなたと眠りたい——そんな贅沢な注文をつけたのはほとんどが妻の咲枝だった。

二階のカラオケボックスから調子の外れた歌声が聴こえる。下手くそだが楽しそうだ。八木沼はあまりにも変わってしまった我が家を見上げながらたたずんでいる。家屋は売れなかった。築十年以上の鉄筋住宅。それだけならいいが死刑囚の育った家だ。建物の評価は皆無であり、この土地だけが価値を持った。自分と妻、慎一の暮らしはショベルカーが簡単に壊していった。何故こんなところに来たのだろう。ここに来ると、逆につらくなることはわかっているのに。

八木沼は引き返し、京阪寝屋川市駅に戻ろうと思った。歩き疲れて足が棒のようになっているが、どことなく気持ちのいい疲れ方だった。寝屋川市駅へ向かう途中、夜のとばりの中でやけに明るいスーパーが見えると音楽が流れた。携帯に着信があったのだ。

八木沼は鞄（かばん）から携帯を取り出す。この携帯番号を知る者は石和、持田、菜摘くらいだ。だがその誰でもなかった。携帯の二十一時十三分という表示の下には、携帯から発せられた知らない番号が表示されている。通話ボタンを押した瞬間に声が聞こえた。

「初めまして、八木沼さん」

ボイスチェンジャーを使った合成音だった。軽く脳に響くものがある。メロス……だが以前ほどの驚きはない。沸き上がってきたのは怒りの感情くらいだ。おそらくは慎一の死、そして雪冤のことを知ってかけてきたのだ。こいつは慎一を殺した。自首するなどと言いつつ見殺しにした。天使突抜で会って以来の電話だ。いや……こいつは今、初めましてと言った。表示番号もメロスとは違う。まさか、メロスとは別人なのか。

「メロス、いやディオニスか」

「呼び方などどうでもいいです。あなたのお好きなように」

せせら笑うようにディオニスは言った。八木沼は高まる感情を必死で抑える。

「ディオニス……もうお前はおたずねものだ」

八木沼は言った。ディオニスは無言だ。八木沼は言葉を続ける。

「お前たちは慎一を殺した。法の力による殺人というやつだ」

「言われなくとも、殺人者だと自覚していますよ」

「私はお前たちを捕まえるために懸賞金をかけた。半端な額じゃない。お前たちはずっと死ぬまで姿の見えない賞金稼ぎに狙われることになる！」

仮に自分が力尽きても、石和や持田は意志をついでくれるだろう。

メロスとディオニスよ、お前たちにもう安息はない。八木沼は煌々と
輝くスーパーの明かりに背を向けた。

「どこかの映画の主人公のつもりですか？　そんなことで私を追い
つめたつもりになって。幻想ですよ、私は捕まらない。それにこの劇
にはすでにハッピーエンドはありません」

「見つけ出してやるさ、待っていろ！」

強い調子に、ディオニスは少しの間沈黙する。

やがてゆっくりとした口調で言った。

「八木沼さん、これがあなたのいう雪冤……ですか」

「そうだ、雪冤だ」

「あなたは全くわかっていない。仮に私にたどりついたとしても私が真犯人であるという証拠をあげられますか？　こうなってしまった以上、生半可な証拠じゃ検察は動かない。いえ生半可じゃなくても動きませんか。死刑囚が処刑されたあとで、真犯人が捕まるなんて日本には例がない。彼らは自分たちの過ちを決して認めないでしょう。死刑制度の根幹が揺らぎますからね」

「そんなもの揺るがせてしまえばいい！」

強い口調で八木沼は言った。だが言いつつも考えている。やはり前とはどこか違う。メロスには八木沼に対してすまないという思いが感じられた。自首したいと言っていたことも本心に思えた。だがこいつにはそんな思いはまるでない。落ち着いて聞けばボイスチェンジャー越しの口調も違う。メロスがたどたどしかったのに比べ、こいつは流(りゅう)暢(ちょう)だ。

しばらくしてから、ディオニスは口を開いた。

「言っておきますが今、すべて証拠はこちらにあるのですよ。鴨川に流して大川で大拘職員にでも拾い上げてもらいましょうか？　隠滅など簡単なことです」

「お前らは二人組だったことが失敗だった」

失敗？　と馬鹿にするようにディオニスは言った。

「ああ、そこに突破口がある」

「何が言いたいんです？」

「ディオニス、お前がいくら否定しても、メロスが罪を認めれば違うぞ。メロスの証言だけでお前も道連れに出来るはずだ」

八木沼の言葉に、ディオニスは口ごもった。

「それにお前の手元に全ての証拠があるとは限らない。お前がボスでも、メロスも証拠を握っているかもしれない」

「わかったようなことを言うじゃないですか」

「少し考えればわかるさ。メロスは自首しようとしていた。信じてもらうためには奴も何らかの証拠を握っていると考えるべきだ。いや、私の考えでは証拠を管理しているのはメロスだ」

「そう思うならご自由に」

鼻で笑うようにディオニスは言った。八木沼はすぐに言う。

「私はお前とメロスの関係を考えた。メロスはお前を怖れて自首しない。だがお前もメロスを消せない。つまりメロスが証拠を隠した場所をお前は知らない。だから消せない……違うか？」

「なるほどねえ、すごい読みだ」

小ばかにしたような言い方だった。だがどことなくディオニスに余裕は感じられない。強がっているだけのようにも思える。

「お前たちは何故慎一を殺したんだ？　私が死刑廃止論者で、被害者の痛みをわからせるためとでも言うのか？　私に恨みがあるなら私を殺さないでいいのか」

ディオニスは笑った。哄笑（こうしょう）……そう言えばいいのか。

「私は取るに足りない存在というわけか」

「まあ、はっきり言ってそうです。ただやろうと思えばいつでもやれます。本気で危ないと思えばこちらも必死になる。その時は可能性がありますね。もっとも私が手を下さずとも、あなたは丹波橋駅で勝手に死にかけましたから」

ディオニスは再び笑った。一瞬ディオニスがあの時の現場にいたのかと思ったが、八木沼は考えを引っ込めた。こんなことは人づてに聞けばわかる。老いた押し屋、その押し屋が線路に転落したなどどう考えても他に例がない。それにしてもどういうつもりだ？　ディオニスは何故こんなことをするのだろう。不意に小学生だった頃の慎一の笑顔が浮かんだ。教えてくれ、慎一！　こいつは誰なんだ？　こいつが真犯人ディオニスなんだろ？

「八木沼さん、一ついいですか」

八木沼は答えない。ディオニスは笑いをこらえるような声で言う。

「あなたの戦略はもう破綻しています」

「どういう意味だ？」

八木沼は耐えきれずに問いかけた。ディオニスはそれに答えて言う。

「あなたはメロスから突破口を見出し、私にも迫ると言っておられた。たしかに弱いところから攻めるのは常套手段だ。それ自体は間違っていない。ただねえ、八木沼さん」

そこまで言うとディオニスは言葉を切る。ふたたびおかしな笑い声を出した。八木沼は携帯を強く握り締める。もったいぶったディオニスの態度にいらだちを感じた。焦らしている――わかりながら感情が思わず問いになって出た。

「何なんだ？　はっきり言え！」

「もうメロスからの突破は不可能です」

「なぜだ？」

「簡単なこと、ついさっきメロスは死にましたから」

その答えに、八木沼は言葉をなくした。メロスが死んだ——考えもしなかったことだ。しかもついさっきだと……黙っているとディオニスはもう一度言った。

「今日はこのことをお知らせしようと思ったんです。メロスというのはあなたも知っている人物ですよ。たぶん本名を言ってもわからないでしょうが」

どういう意味だ？　八木沼はそう言うと少し考える。

だが考えている途中で、ディオニスは先に答えを言った。

「こう言えばわかりますか？　やっさんと」

第五章　一億三千万の仇

1

仕事を終えた菜摘は、閉店間際の北野商店街で夕食を買っていた。

バレンタインデーが近いとあって、チョコレートが並んでいる。ディオニスと書かれているチョコレートがあって驚いた。だがよく見るとディオニソスとなっている。葡萄（ぶどう）酒入りのチョコレートのようだ。

——バレンタインデーだしこれあげる。義理チョコね。

小学六年生の時だ。菜摘は家庭教師として来ていた八木沼慎一にそう言ってチョコをあげた。彼はありがとうといって笑顔をくれた。だが義理チョコなどではなかった。自分はあの時、彼のことが本当に好きだった。姉も彼にチョコを渡していた。その時姉は恥ずかしそうで、慎一もいつになく照れくさそうだった。そこに自分が入り込む余地などない――そう思ったことを覚えている。いやクリスマスに教会で八木沼に会ってから、堰を切ったように思い出したのだ。

明日からは休みだ。今度また演劇を行うことが決まり、練習に行くと約束した。去年に引き続いて『走れメロス』をやるらしく、誘われて断れなかった。舞台は再び京都こども文化会館だ。このスーパーのすぐ近くにある。ただあの時と思いは違う。去年はメロスという言葉が何の意味も持っていなかった。それがこの一年、自分をずっと縛りつけてきた。

思えばあの男がメロスなどと名乗ったのは、自分の劇を見に来ていたからかもしれない。菜摘を久しぶりに見たとでも言いたげだった。あの観客の中にメロスはいたのかもしれない。もっとその線から調べていれば……そう思うと姉や八木沼慎一にすまなく思う。ただどうすればいいなどという思いはない。自分の贖罪は真犯人を捕まえること。慎一の冤罪を晴らすこと。八木沼の言葉を借りるなら雪冤――それだけだ。

時刻は午後九時を過ぎ、外は真っ暗だった。

夕食の袋を自転車の前カゴに積んでいると、携帯が震えた。取り出して見る。表示は八木沼になっている。彼からはほとんどかかってこないが、それだけにどうしたのかと思った。

「はい……沢井ですが」

名乗ると、どういうわけか八木沼は慌てていた。

「こんな時間にすまない……今、暇だろうか」

すでに仕事は済んだ。後は帰るだけだ。

「ええ明日は支援センターも休みだし、大丈夫ですけど」

「そうか、たぶん君が一番近いと思って」

何のことだろう？　菜摘は訊き返す。八木沼は答えた。

「荒神橋にやっさんというホームレスがいるんだ。今、私は家にいる。いや……」

よくわからない言葉だった。いつも論理的に話す八木沼にしては珍しく要領をえない。荒神橋とは鴨川にかかる橋だ。そこに今すぐ行ってくれという内容だったが、わけがわからない。自分は今、家にいると言って寝屋川と言い直している。相当慌てているようだ。

どうしたのですかと菜摘は問いかけた。

「確認してほしんだ。メロスが本当に死んだのかを！」

その言葉に菜摘ははっとした。メロスが死んだ……呆気にとられながらも菜摘は八木沼から詳しい情況を聞いた。ディオニスから電話があり、やっさんというホームレスがメロスだと告げたという。そしてやっさんは死んだとも。

「荒神橋のどの辺りなんですか」

「西側だ。青いテントの横に犬がつないである。いや、それだけでは特定できないか……悪いが訊いてくれないか？　他のホームレスに訊けばきっと知っている」

「やっさん……でしたね？」

「そうだ。何かわかったらすぐに電話して欲しい。私も急いで向かう」

そこで通話は切れた。菜摘は自転車にまたがると、大急ぎで鴨川に向かう。少し前カゴが重かったが、構わずに一生懸命ペダルを漕いだ。メロスは鴨川にいるホームレスで、ついさっき死んだ――どういうことだろう？　病死？　自殺？　それとも……八木沼は死因について何も言わなかった。それにしてもホームレスが八木沼に五千万円を渡すなど意味がわからない。だが考えても仕方ない。行ってみること――

今は行動だ。

荒神橋には十二分で着いた。

西側には以前より少なくなったが、青いテントが幾つか見える。やっさんはどこにいるのだろう？　ただ菜摘の中に少しだけ安堵感があった。それは殺人という可能性が薄らいだからだ。やっさんが本当にメロスで、その死因がディオニスによる殺人なら、もう警察は動いているだろう。ホームレスたちや通行人が集まり、現場は一目でわかるはずだ。

菜摘は自転車を停めると、テントの方へ降りていく。まだ二月、暖を取るドラム缶はあったが、寒いためか外には誰もいないようだ。こんな時間に一人で訪ねることに抵抗はあった。それでも八木沼から聞かされたことは無視できない。

――どこでもいい。訊いてみよう。

菜摘はそう思って一番近いテントに駆け寄った。だが声をかけるのをためらった。若い女性が夜、こんなところに来た――そういうことではない。中からはどこかで聞いた声がしたからだ。ホームレスらしくない、若い声だった。ただ最近は若年ホームレスもいると聞く。菜摘はテントの中をのぞく。歯の抜けた赤ら顔のホームレスと、金髪の青年が言い争っているのが見えた。

「だからさあ、テントにはいねえって言ってるだろうが！」

金髪の青年は大声で言っている。

「はあ？　そんなら知らん。そこや、間違いあらへんわ」

歯の抜けたホームレスはそう答えた。

「あのう……すみません」

声をかけると二人は菜摘を見た。振り返った金髪の青年は知ってい
る人物だ。

「あんた、沢井……菜摘か」

訊ねてきた青年は持田だった。競馬場前や八木沼慎一の告別式のと
きに見た。確か本名は河西治彦。とてもそうは見えないが、自分と同
じように殺人事件の被害者遺族だ。

「あなたも八木沼さんに呼ばれたの？」

菜摘は問いかける。持田はああと言った。

「なんて呼んだらええ？　河西君？　河西さん？　それとも治彦君とか」

「どうでもいいっての。じゃあ持田でいいよ」

「何で今さら偽名なん？」

「意味ありげで実は意味ねえってのが格好いいじゃねえか。それよりさあ、えらいことになったらしいじゃねえか」

どうやら彼も八木沼からメロスのことを聞かされたようだ。やっさんを探している。自分より早くここに来たようだ。二人は簡単に情報を交換しあうと、一度テントの外に出た。持田は橋のたもとにある青いテントを指差す。

「それでさ、行ってみても誰もいねえんだよ」

持田はそう言った。彼の話ではやっさんはこのテントに住んでいるという。

「ここら辺、前に来たことがあるんだよ」

「そうなんや。それでやっさんは？」

「さっきのホームレスによると、最近は寝込んでしまったんだと……でも病院には絶対に行かずに、行けって言われると怒りだすらしいんだ」

持田は青いテントに近寄った。

「けど、ほらよ」

持田はテントを開けた。青いテントの中からは異臭がした。鼻をつまみたくなるようなかなりきつい臭いだ。タバコと糞尿（ふんにょう）の匂いが混じっている。だが確かにそこには誰もいなかった。

「な、どう見たっていねえだろ?」

菜摘は臭いを気にすることなく中に入った。狭いテントだ。古びたランプ、スポーツ新聞や焼酎の瓶が転がっているくらいで、これといって何もない。

「ここでじっとしていても始まらねえ、探すか」

持田はそう言った。菜摘はうなずく。二人は荒神橋近くを探し始めた。持田はシアトルマリナーズの帽子をかぶったホームレスから懐中電灯を借りると、辺りを照らし始めた。菜摘もやっさんのテントにあったランプを拝借すると、辺りを照らしながら探した。

途中で考える。八木沼はディオニスを名乗る誰かにからかわれているのではないか？　死刑執行、雪冤のホームページが出来て間もない。そういういたずらもありえる。ただ八木沼の話では本物のディオニスだということだった。またやっさんというホームレスの不在は、菜摘を不安にさせていた。少なくともやっさんが死んでいるならそれは病死ではない。持田の話では病院には絶対に行かないと言っていたらしいし、病死ならここで死んでいるはずだ。

十五分ほどしてからだろうか。大声が聞こえた。

それは持田の声だ。持田は膝までジーパンを濡らしながら飛び石の辺りに立っていた。懐中電灯の光は浅い川の中を照らしている。菜摘は駆け足で川岸へ向かうと、スカートを押さえ、飛び石に乗って停止した。目を大きく見開く。

――そんな！　まさか本当に。

持田の懐中電灯は、飛び石にもたれかかるように倒れている人影を照らしていた。

その人物はうつ伏せに倒れている。ほとんど水につかっているが、背中だけが氷山の一角のように見えていた。片手が飛び石を掴んでいる。いや、ただ乗っているだけだ。動かない。近寄ってよく見ると頭部に傷があり、血が流れた痕があった。うつ伏せ状態なので年はわかりにくいが、七十くらいだろう。死んでいるのは明白だった。

「これが……メロスだって言うのかよ」

持田はそう言ったきり黙った。菜摘も何も言葉が出ない。見上げると、橋が架かっている。あそこから落ちたのだろうか。それにしてもここは浅い。目立つだろうし、遺体があれば昼間なら誰かが気付くだろう。間違いなく死んだのは今日の夜だ。逆に言えばこんな場所に遺体があるなど、偶然発見などできない。自殺？　事故？　いえ、これはきっと……背中に寒いものを感じながら、菜摘は老人の遺体をしばらく見つめていた。

警察官がやってきたのは、それから十分ほど後だった。

遺体の第一発見者となった持田や菜摘は事情を訊かれた。今さら隠す意味などないのでこれまでの経緯をすべて話す。彼らは驚いていた。

鴨川河川敷にはホームレスだけでなく、通行人が集まってきて、人だかりができつつある。

警察は現場写真を撮りながら、ホームレスたちにも事情を訊いて回っている。やっさんという呼び名だけで本名は誰も知らないようだ。明らかに病死ではなく変死体だ。一人のホームレスの死をどれだけ捜査するのかは知らないが、菜摘はもうこれが事件であると確信している。

やがて橋の上に、大柄な人影が見えた。

菜摘たちとは逆に警察官に事情を訊いている。八木沼だ。こちらに気づくと、小走りでやってきた。老人の遺体はまだ運ばれてはおらず、八木沼は確認のためにその顔をじっと見ていた。だがつぶやくように言った。

「間違いなく……やっさんだ」

菜摘はひとつ唾を飲み込んだ。やっさんという人物が何者なのかは知らない。だがもうこれで彼がメロスだということは確定しただろう。この人が自分に電話をかけ、八木沼に五千万円を渡した人物、そして間違いなくお姉ちゃんの死に関わっていた人物なのだ。まだまるで事情はわからないが、この老人について探っていけば事件の突破口は開けるのではないか。

だが八木沼は険しい表情をしていた。

そこには雪冤に向け、希望が見えたという明るさはない。このやっさんが自首していれば息子は死なずにすんだという怒りも見えなかった。これでむしろ真実が見えづらくなったという表情に見える。ディオニスは八木沼に何と言っていたのだろう？

やがて八木沼は話を終えた。こちらに来ると声をかけてきた。

「君たちが、やっさんを見つけたらしいね」

そうですと菜摘は答える。持田は見つけたのは俺だと言った。八木沼は菜摘たちを前に詳しい説明を始める。ディオニスからの電話に、メロスの線からお前に迫ってやると言うと、ディオニスは不可能だと答えた。それはメロスが死んだからだ――菜摘は震えがきていた。口封じで殺された……そういうことだろうか？

「無関係な人の死を、あたかも関係あるように利用したってことはあらへんのですか」

菜摘が問いかけると、八木沼は首を横に振る。

「まだ死んでから一、二時間らしい。ディオニスはこのホームレスの死のすぐあと、一時間以内で私に電話をかけてきている。そこでメロスは死んだと言った。こんな偶然はありえない。百歩譲って、誰かがたまたま遺体を橋の上から発見し、ここにあることを知っていたとしよう。だがそれがやっさんという名前のホームレスだと確認して私に電話するのに一時間できくはずがない。私の携帯の番号を見ず知らずの人間が知っているとも思えない。ましてやボイスチェンジャーまで使っていたずらをするなどありえない」

その通りだ。反論の余地はない――菜摘は思う。八木沼は続けて言った。

「ディオニスはやっさんの死を間違いなく知っていたんだよ。口封じに殺したとまでは言わないが、事件に関係があることは間違いない。

実はやっさんが死ぬ少し前、私は彼に接触していたんだ。今思うとそれも偶然じゃないように思える。自分の犯した罪を悔いての自殺。ディオニスによって消された……色々考え方はあるだろうがね」

「彼はメロスです、間違いあらへん」

「ああ、死んだのはメロスだ。メロスはやっさんだった。間違いない」

そうはっきりと八木沼も認めた。

「目撃者はいねえのかよ！」

持田はホームレスや通行人に叫んだ。八木沼が代わりに答える。

「まったくいないらしい。遺書も何もなかった」

「じゃあディオニスに殺されたんだ！」

興奮気味に持田は言った。彼の気持ちはよくわかる。自分も叫びだしたい思いだ。

三人はもう一度やっさんというホームレスの遺体を見に行く。八木沼は何かわからないかと食い入るように見ている。やっさんの遺体を真剣に見ていたのは、八木沼だけではなかった。持田もまた、言葉を発することなくやっさんを見ている。菜摘は持田に近づくと、そのことを訊いてみる。どうしたというのか――だが持田は答えない。

「なあ、どうしたん？　なんでそんなに真剣に」

持田はすぐには菜摘の問いに答えない。もう一度声をかけるが、持田は相変わらず真剣に考えている。見た目に似合わず、一度気になりだすとことん追求しなければならないようだ。だがやがて持田は、こちらを見ることもなく静かに言った。

「この爺さん……どこかで見た顔なんだよ」


その夜、三人は警察署に出向き、やっさんの死について調書を取られた。

殺人なのかと菜摘は質問したが、担当の女性警察官はまだわからないと答えた。やっさんは橋の上から落ちたという。荒神橋にはちゃんとした欄干がある。おそらく事故の線はない。自殺か、ディオニスに殺されたのかのどちらかだ。菜摘はテントの中を詳しく見たが、遺書はなかった。警察もそのことは認めている。菜摘は殺人です、慎一さんの事件は冤罪だったんです——そう強調したが、どこまで調べてくれるだろう？

調書作成が終わると、持田は菜摘を待っていた。八木沼はまだ警察と話をしているようだ。持田は何かを言いたげな表情に見えた。

「やっさん……いや、メロスの素性がわかった」

菜摘はえっと言った。ホームレスの誰かが知っていたのか。あるいは失踪者のリストから警察がもう見つけだしたのだろうか。

「思い出したんだよ、俺が……」

持田は答える。そういえばさっき知っている顔だと言っていた。

「やっさんってホームレスは牧師だ。もう二十年くらい前かな、俺に色々と説教を垂れやがった牧師だよ。間違いねえ」

犯罪者や逆に被害者遺族に会いに来ていたという。牧師がホームレスの世話をすることはよくあることだ。佐々木牧師もやっている。ただ牧師がホームレスになるというのは聞かない。菜摘はやっさんの本名を訊いた。

「ああ？　名前は知らねえよ」

持田は答えた。何だそれは……菜摘はため息をついたが、確かに牧師だというのは重要な情報だ。それに被害者遺族の元へやってきていたというのはひっかかる。

「こういうフレーズ聞いたことある？　被害者にとって加害者は、道端に落ちた泥まみれのパン切れみたいなものだ」

「ん……そうだな、あの牧師の野郎が言ってたよ」

持田はあっさり認めた。菜摘ははっとする。それは以前、教会で佐々木牧師が発した言葉だからだ。印象に残る言葉だった。持田もこれを覚えていた。まさかやっさんと佐々木はつながりがあるのか？だが考えていても仕方ない。

「今から大将軍教会に行きましょう、すぐ！」

二人は教会に向かう。西陣警察署の裏手を進んだ。菜摘は大将軍教会近くまで来て少し緊張する。まさか佐々木がディオニス――ありえないとは思いつつ、そんな思考もよぎっている。泥まみれのパン――そのフレーズが持つ魔性に魅きつけられているのかもしれない。

「ああ、こんなとこだったか」

「目立たへんからね。よう見ると十字架もあるんやよ」

「ふうん、お、鍵かかってねえな」

持田は無造作に教会の扉を開け、二人は教会の中へ入った。教会はいつもどおり静かで、その奥にはいつもどおりキリストの像があった。いつもどおりパイプオルガンが鈍い光を放っている。だがいつもは誰もいない教会の中に人影があった。佐々木牧師はキリスト像の前で祈っている最中だった。

「こんな時間にお祈りしてはるんですか」

菜摘が言った。やがて牧師は振り返った。持田は何も言わない。

「今日は、お訊きしたいことがあって来ました」

「私にお答えできることであればよろしいのですが」

牧師様は何でもご存じですから――菜摘がそう言うと、佐々木は持田を見た。

「そちらの方は、初めてですね」

「ああ、持田だ」

「それでこんな時間に、どうかされたのですか」

佐々木の問いに菜摘はこれまでのいきさつを牧師に話した。事件の経緯、やっさんというホームレスが死んだこと。そして以前佐々木が言った言葉とやっさんのつながり……佐々木はやっさんの死に驚いた表情を見せていた。

「なるほど、そういう経緯でしたか……」

佐々木は優しげな表情でそう言った。

「知ってるのか？　だったらさっさと言えよ」

急かす持田に、牧師は二人を交互に見てから口を開いた。

「私は鴨川のホームレスの方々を支援する活動をずっと続けています。やっさんという方に関しましても当然知っています。ただどう言えばいいのか……」

そこで佐々木は一度言い淀んだ。

「あの人は普通のホームレスじゃありません」

「元牧師なんだろ？　何で牧師がホームレスなんか……」

持田の言葉を途中で佐々木はさえぎった。

「いえ、あの方は牧師ではありません」

違うのか――菜摘はそう思った。持田も同じような顔だ。

「慈善活動家……といえば良いのでしょうか、犯罪被害者や加害者、震災被害などに苦しむ人々の間をめぐり、様々な援助をされてきた方です。私どもの教会に寄付をされたこともあります。それだけでなく、私はあの方から色々と学ばせていただきました。牧師は神の教えを伝えることが仕事ですが、あの方の言われることはなるほどと思えることが多い。使わせて頂いております」

「じゃあ泥まみれのパンというのは……」

菜摘の言葉に、佐々木はゆっくりうなずいた。

「あの方が言われていたことです。これ以外に幾つも教えて頂きました。神の言葉を自分だけが理解するのではなく、他の人、苦しみを抱えた人の心にどう届けるか――これが重要だと私は思っています。そういう意味であの方は私の師であるとも言えます」

「どうしてやっさんはホームレスに？」

菜摘の問いに、佐々木はすぐに答えなかった。

「深い事情があったのだと思います」

しばらくして返ってきた答えがそれだ。持田は答えになってねえよと語気を荒げた。菜摘も佐々木が何かを知っているように感じた。だが牧師には守秘義務があろう。言いたくても言えないという立場だ。もう事情は全て伝えてある。強く求めても彼からはこれ以上は引き出せないだろう。ただ佐々木は拘置所にいた僧侶をここに呼んできた人だ。事件を解明したいという気持ちは強いはず。菜摘は考えた挙句、言葉を選んで問いを発した。

「やっさんの名前……それだけでもお教え願えませんか」

これさえわかれば幾らでも調べられる。これくらいなら教えてくれるのではないか——菜摘の予想は当たり、佐々木はしばらくしてから大きく息を吐き出した。

「やっさん……あの方の本名は、秋山鉄蔵(あきやまてつぞう)です」

菜摘は聞かされた名前をしっかりと胸に刻んだ。それ以上のことを佐々木はしゃべってくれそうもなかった。仕方ないだろう。だが持田や佐々木のおかげでこんなに早く名前がわかった。これは突破口になるはずだ。

教会を出ると、菜摘は一度振り返る。

心の中で思った。慎一さん……一歩前に進みました。きっと雪冤はもうすぐです。

2

朝の八時半。八木沼は京阪を神宮丸太町駅で降りた。

日曜日は押し屋が休みなので、こんなに早くやってきた。西へしばらく歩くと二条城が見えてきた。二条城の周りは散歩コースだ。ウォーキングをしている人が多い。今日は自転車は使わない。ポケットに手を入れて歩いていると、おはようございますと見知らぬ人から何度か声をかけられた。八木沼は愛想笑いをしながら礼をする。

やっさんの本名が秋山鉄蔵であることは菜摘たちが突き止めた。

八木沼が今やっているのは、京都に住む秋山鉄蔵を当たってみることだ。同姓同名が何人かいる。いずれもここまで違っている。ホームレスなら京都以外からやってきた可能性も高く、失踪者リストに載っているようにも思える。だが八木沼の推理はそうではなかった。秋山鉄蔵は慈善活動家だった。その過去からして、普通のホームレスではない。きっと失踪者リストにはない。普通に住居や定職を持ちつつ、テントでも暮らす。おかしな言い方だが兼業ホームレス。秋山鉄蔵が何故ホームレスをやっていたのかは知らないが、むしろ金持ちと考えるべきだろう。

今日向かう先は有力だ。年齢が一致し、資産家。荒神橋から少し離れているが、歩いて行ける距離だ。十五分ほど歩くと携帯が鳴った。『Ride The Chariot』の着メロ。八木沼は表示を見る。ジャーナリストの真中由布子だ。社会問題を中心に活動している元アナウンサー。そういえば少し前に番号を教えた。朝からすみませんと言う真中に、八木沼は無愛想に応じる。

「取り込み中でしてね、用件だけ手早くお願いします」

「わかりました。実はテレビに出ていただきたいんですよ」

テレビ？　と八木沼は言葉をなぞった。

「ドキュメンタリーの続きでもやるんですか」

「いいえ、討論番組なんです。死刑制度の是非について」

八木沼はため息をつく。死刑制度の是非など知ったことではない。しかも自分に出演要請ということはまた奇を衒（てら）った試みをするつもりなのだろう。八木沼は気が進みませんと答えた。

「この前は積極的に話したいとおっしゃっていたじゃないですか」

そういえばそうだった――八木沼は苦笑いを浮かべた。

「お願いしますよ。実は高名な死刑廃止論者の大学教授の代わりなんです。八木沼さんは廃止論者でしょう？」

「熱心な廃止論者というわけでもない」

「意外ですね。弁護士時代、廃止論の論文も書かれていたでしょう？」

「論文といえるほどの内容じゃないですがね」

「でも私はあれを読んで感心したんですよ」

そうですかと八木沼は気のない返事をする。真中は言葉を続けた。

「死刑執行される前の被害者遺族の思いはよく報道されます。でも執行されたあとの遺族、特に執行された側の遺族の思いは報道されません。私はこういうことは死刑を考える上で重要だと思うんです。だから協力していただきたいのです」

「本当は沢井菜摘さんに出てもらいたかったんでしょう？」

「それは否定しません。可愛いですしね。視聴率は大切ですから」

「あなたも色々言われているようですね。被害者遺族べったりだったのに最近は死刑抑制の方向で発言している。裏切り者と思われても仕方がない」

少し嫌味に言うと、真中は憤慨したように応(こた)えた。

「私は自分の心に正直に生きていたいんです。それがたとえ自分の首を絞めることになっても。どこまでも正直にね」

真中に八木沼はあまりいい印象を持たなかった。本当に社会のことを考えて行動しているというより、自己実現のために他人を利用しているように感じたからだ。だが自分の行動に、ディオニスは反応するかもしれない。やや間があって八木沼は息を吐き出した。

「出演をお引き受けしましょう」

「八木沼さん、本当ですか？」

「ええ。私の死刑制度への思いは変わっていません。当時からストップしている。学者の代わりのようですし、それなりのこじつけた理屈を展開しましょう」

「ありがとうございます」

もうしばらく話し、電話は切れた。

通話が終わる頃に千本通に出ていた。立命館大学の法科大学院、二条駅……丸太町駅の呼び名もそうだが、この辺りは以前とかなり違っている。八木沼は千本通を少し上がって、教習所近くの店が立ち並ぶ通りを西に向かって歩いた。やがて大きな梅の木が見えてきた。表札には「秋山」と書かれている。ここだ。

秋山宅はかなり広く、ぐるりと周りを槇垣（まき）が覆っていた。敷地には洋風の二世帯住宅が建っている。まだ約束の時間には早い。一度引き返してから電話しようかとも思ったが、八木沼は秋山宅の門をくぐった。立派な梅の木が目につく。ひきつけられるように八木沼はその木の前まで進んだ。梅の木から連想したのは以前荒神橋のたもとで見た梅さんの祠（ほこら）だ。あの近くにやっさんは住んでいた。関係があるのか

——八木沼はそう思いつつ、玄関のチャイムを鳴らした。

「どちら様？」

ちゃんちゃんこを着た女性が出てきた。四十代後半くらいか。八木沼は姓名を名乗る。女性は少し驚いた様子で奥に人を呼びに行った。

やがてその夫と思しき男が出てくる。メタボリック対策には関心のなさそうな禿げ上がった男だ。

「初めまして、私、八木沼悦史というものです」

「知っていますよ。息子さんのこと、お気の毒です」

「少しだけお訊きしたいことがありまして」

「はい、何でしょうか？　ああ、どうぞこちらへ」

秋山家の主人は丁寧に応えた。広々とした応接室に案内してくれ、お茶を出された。

「それで八木沼さん、うちに何の御用です？」

少し間をあけてから、八木沼は答える。

「鉄蔵さんについて訊きたいのです。私の息子の事件と関係があるかもしれないので」

その言葉に、秋山はえっと言った。八木沼は言いすぎかと思ったが、これくらい言わないとわざわざ出向く理由にならない。情報を引き出せないと判断した。

「それはまさか、親父が真犯人……そういうことですか」

最悪の事態を見据えたその問いは予想できた。八木沼はかぶりを振ると微笑んだ。

「そうではありません。私が真犯人と考えている人物は別にいます」

ディオニスこそ本当の敵だ。だからこの言葉に嘘はない——八木沼は思いつつ、続けて言った。

「どうもその人物の情報を、お父さんが知っているようなんです」

「そうなんですか……ううん」

「お父さんにお会いしたいのですが」

その申し出に秋山は考え込む。八木沼は少し心が痛んだ。あなたのお父さんはすでに殺されています——そう言うべきなのだろうが、あえて隠した。しばらく黙っていたが、色好い返事が来ない。八木沼は不本意ではあるが、お金のことを切り出した。

「ご協力頂ければ、心ばかりの謝礼はお払いいたします」

そう言うと、秋山の表情が変わった。悟られないように振る舞っているが、喰いついていることになっている。世間では八木沼は金持ちということになっている。金に困らないが故に刑事事件を多く手がける人権屋——昔はそうだったかもしれないが、今は違う。だが利用できるものは利用すべきだ。

「協力したいんですが、親父はちょっとねえ……」

秋山は歯切れが悪かった。だが心は協力の方に向いているようだ。

「鉄蔵さんは、おられないんですか」

「いえ、実は……親父は大分認知症が進んでいます。アルツハイマーなんですよ。前に一人で住んでいた一軒家でもよく夜中徘徊していたんです。せっかく二世帯住宅を建てたのに一人で住むってマンションに住み始めましてね。最近は連絡もないんです」

やはりここか——八木沼は心の中で思う。問いを続けた。

「どこの、何というマンションかわかりますか」

「天使突抜にある、エンゼル21ってマンションです。ウチが経営しているんですよ」

決まりだ——八木沼は確信した。連絡がないという時点でほとんど当たりだと思ったが、これで完全に確定した。エンゼル21というマンション……忘れるはずがない。自分はあそこでメロスと会った。奴が指定したのだ。こんな偶然があるものか。ただどうして鉄蔵はホームレスの振りなどしたのか。そして事件とどう関わっていたのか——それはまるで見えない。

「それにしても立派なお屋敷ですね」

八木沼は屋敷内の庭を眺めながら言う。

「つかぬことをお訊きしますが、鉄蔵さんはかなりの資産家だったんですよね」

「ええ、建設機材の事業で大儲けしていました。ただ慈善活動をしていたみたいで、そちらに寄付していたかもしれません。ただそれでも資産はかなりのものでしたから」

「お金に困っているとかそういうことはなかったんですね」

「はは、幾らなんでも、それはないでしょう。親父は相続放棄させられて、家は梅蔵伯父の物に一旦はなったんです。あの人は罰当たりにも先祖代々の土地を勝手に処分しましてね。本当に困った人です」

「伯父さんの名前は何というんですか」

「秋山梅蔵といいます」

八木沼は思う。やっさんこと鉄蔵とウメさんこと梅蔵、この二人はやはり兄弟だったのか。ただこれが慎一たちの事件とどうむすびつくのだろう。

「親父のことは優れた商売人だと思って尊敬しています」

「梅蔵さんについてはどうですか」

「伯父ですか、彼ははっきり言って駄目人間だと思います。今で言うニートのはしりですかね。口ばかり達者で出来もしないことに夢中になっては借金をこさえる。それでいつも尻拭い（しりぬぐい）するのは親父だったらしいですから。親父は梅蔵の死についてよう調べていましたよ、もういい加減にしろよと言うと怒り出すんです。兄貴が殺されたかもしれないのに放っておけるかってね」

殺された――その言葉に八木沼は驚いた。ウメさんというホームレスは事故死だったはずだ。こちらの表情の変化を見て取った秋山が言った。

「ああ八木沼さん、誤解しないでください。殺されたって言っても親父が勝手に言っているだけです。事故ですよ、梅蔵は酔って中書島のホームから転落して、電車に撥ねられたんです」

八木沼はしばらく黙っていた。何かが見え始めている。バラバラだったパズルのピースは少しずつ一つの形を描き始めている。あまり沈黙するのもおかしいと思い、言葉を発した。

「お兄さん思いの方だったんですね」

「そうですねえ。ただ親父とは離れて暮らしていたので、よくわからないんですよ」

八木沼は何度かうなずいた。秋山の言葉を聞きながら考えている。行くべきは天使突抜だ。ここにはきっともう何もない。念のために八木沼は鉄蔵の部屋に案内してもらった。だが案の定、そこはもぬけの殻同然だった。

「鉄蔵さんの写真とかはありますか？」

「親父は写真嫌いでしてねえ……ちょっと待ってください」

言い残すと、秋山はどこかへ行って何かを調べ始めた。おそらくアルバムか何かを探しているのだろう。かなり待たされたが、やっと秋山は出てきた。

「すみません、もう三十年くらい前の写真なんですがいいですかね？」

構いませんと八木沼は言った。横から若すぎるなあ、と秋山は言っている。

「しかもちょっと綺麗に写りすぎ。普段はもっと人相悪いですよ」

秋山は笑いながら端に小さく写った男を指差した。東京で撮った社長時代の写真らしい。

八木沼はしばらく写真を凝視した。そこには眼鏡をかけた男が写っている。年齢は四十くらいだろう。かなり太い縁の眼鏡だ。彼ですよねと秋山に確認した。秋山はそうですよと答える。鉄蔵は肌が浅黒く、痩せ過ぎくらいに痩せている。荒神橋でみたやっさんとは比べものにならないほどに若く特徴的な太い縁の眼鏡をかけている。とはいえこれはやっさんだ。間違いない。

「漫才の横山やすし師匠に、よく似ているでしょう？　外すと似てないんですがね」

秋山はそう言った。言われると似ている。秋山鉄蔵――「や」から始まっていないが、それでやっさんか……あつかましくも八木沼はカラーコピーを頼んで秋山宅を後にする。またお礼に伺いますと言い残すと、秋山は微笑んだ。欲の強い男に見えたが、騙（だま）しているようで心が少し苦しい。だが真実には代えられない。自分の雪冤はこれからだ。

行こう、エンゼル21へ。

天使突抜までは歩くと意外と時間がかかった。自転車のありがたみがよくわかる。

だが疲れは感じない。八木沼は目の前にある七階建てのマンションを見上げる。エンゼル21――ここで去年、自分はメロスと出会った。屋上から五千万円を渡し、逆に五千万円を贈られた。あの時メロス、いや秋山鉄蔵は土下座していた。心からすまないと詫びていた――八木沼にはそう思える。からかいであんなことをするはずがない。

またこの前に鴨川を訪れたとき、鉄蔵は泣いていた。あれは病気のせいではなく、慎一の死をすまないと思っていたからではないのか。メロスを名乗りながら、セリヌンティウスたる慎一を救えなかったことに呵責を覚えてのことなのではないか？　何よりも鉄蔵は梅蔵が殺されたと言っていたこと――これが一番気になる。

だがその前に、やるべきなのはここの捜索だ。

曇り空の下、八木沼はエンゼル21マンションに向かった。テント生活でもたまには帰ってきていただろうし、何かがあると考えるべきだ。

鉄蔵の部屋は101号室。基本的には管理人が使っている部屋だという。灯台下暗しと言うが、こんなにも近くにメロスの住居があるとは思いもしなかった。もっとも鉄蔵はほとんどここにはいない。訪ねても無駄だったろう。

部屋の鍵を貸してくれと頼むことはさすがにできなかった。鉄蔵が死んだことを隠している以上、不自然だからだ。裏手に回るとガラス窓があった。鍵が閉まっている。ここは目立たないから侵入方法が他になければ、静かにこの窓を割って不法に侵入しようか。だがそんなことは避けたい。さっき秋山宅を訪問した以上、疑われるのは必然だ。秋山に本当のことをしゃべって、見せてもらった方が無難かもしれない。

ノックしてみたが、返事はない。居住者は死んでいるのだから当たり前だ。八木沼はノブに手をかけた。開くはずがない――そう思ったが、意外にもドアはすっと開いた。鍵はかかっていなかった。どういうことだと思いながらドアノブをよく見ると、何かを無理やり差し込んだ跡がある。嫌な予感がした。

八木沼は部屋に入った。そこは家族で住めるような普通の２ＬＤＫのマンション。ただほとんど調度品はなく、生活に必要最小限のもののしか置かれていない。ちょっと片付ければ、入居前に客を案内するような状態になるだろう。八木沼は室内を探した。何でもいい。真実に迫れる何かがないか――そう思いながら探す。だが何も見つからない。

一時間近くが経った。気になるのはさっきのドアノブだ。鍵穴が壊されているように思える。鉄蔵が鍵をなくして無理やりこじ開けた――いや、それはない。合鍵くらい持っているだろうし、息子に借りればいいだけだ。誰かが侵入したと考えた方が自然だ。そしてそいつはディオニス以外にない。ディオニスが侵入したとすると、奴につながる証拠品は処分されただろう。だが奴は何も見つけられなかったという可能性もある。ここは他人のマンションだ。長く捜索することは出来なかったはずだ。

八木沼はしゃがみこむと考えた。そういえば慎一が子供の頃、宝探しゲームをよくやった。自分は滅多に見つけられなかった。慎一は狭い部屋の中、いつもうまく宝を隠したものだ。

——葉っぱを隠すなら森の中……基本中の基本なんだってさ、父さん。

慎一はそんなことも言っていた。八木沼は立ち上がると、キッチンに向かった。凶器は沢井宅にあった果物ナイフだ。流し台の前まで来るとしゃがみこむ。まさかとは思うが、流し台の下にある戸棚を開けてみる。そこには減塩醤油（しょうゆ）とオリーブ油、そして何本か包丁があった。果物ナイフはない。あるのは殺傷能力などない小さなナイフだけだ。

やはりダメかと思ったが、八木沼はそこであきらめなかった。減塩醤油とオリーブ油を取り出した。注ぎ口は狭い。だが底に仕掛けがあるかもしれない。小三の時、慎一がやったことだ。慎一が隠した宝物は、大事にしていた掛布選手のサインボールだった。慎一は空の醤油容器の底をくり抜いて、周りに黒の折り紙を貼って中に隠した。注ぎ口からはサインボールは物理的に入らない。また心理的に大事なサインボールを醤油の中に入れない――そういう二重の盲点をついてきた。八木沼は念のために中を調べる。だがどちらにも何も入っていなかった。

八木沼は戸棚の中に体ごと入った。特に何もない。だが底を見ると、補修したような板が張られている。穴は四箇所空いているのに、どういうわけか二箇所しかネジで止められていない。八木沼は板を叩いてみる。何かおかしい。下が空洞になっているように思う。排水管が通っているとはいえ、この感触は変だ。八木沼は一度戸棚から出ると、工具入れからプラスドライバーを取り出す。それでネジを外し、板を剝(は)がした。

そこには予想通り空間があった。移植鏝(ごて)があって穴が掘られている。ただそれほど深い穴ではなく底は見える。直径四十センチ、深さ五十センチというところか。穴の中には何もない。何だこれは――八木沼は呆然(ぼうぜん)としたまま動かない。念のために辺りをくまなく調べるが、やはり何もなかった。ここにあった何かが、持ち去られたとしか思えない。

こんなことが……八木沼は叫びたい思いだった。ここにはおそらく凶器の果物ナイフ、あるいは持ち去られた沢井恵美の服といった決定的な物があったのだろう。持ち去ったのはディオニスだ。どういいように解釈しようが、それ以外に考えようがない。ディオニスに凶器が持ち去られたのなら、処分されたのは必然だ。最悪……完全に終わりだ——そんな思考が支配していく。

——あきらめるな、まだ手はある。梅蔵の件もあるではないか。

八木沼はそう自分を奮い立たせようとするが、できない。証拠の存在が消え去ってしまえばどうしようもない。雪冤が遠ざかる。疲れもあってか力が抜けていく。すまん、慎一……八木沼はへたりこむと戸棚にもたれながら、じっと部屋の天井を見つめていた。

3

エンゼル21を訪ねてから数日後。八木沼は中書島駅にいた。家からすぐだ。暖房の効いた駅長室で少し待った。

マンションに侵入者があったことはショックだった。ディオニスが侵入し、やっさん、いや鉄蔵が持っていた証拠品を持ち去った――この推理は容易に覆らない。あれから八木沼は秋山に連絡し、鍵が破壊されていたことを告げた。警察にも連絡し、死んだのは鉄蔵であるという確認もとった。鉄蔵の死――隠していたことを素直に告げると、秋山は意外と寛容だった。雪冤、頑張ってくださいと励ましまでくれた。悪い人間ではないようだ。

ただ事態はきっと悪い方に向いている。証拠品が持ち去られただろうことは最悪だ。以前京都駅で時効廃止を訴える被害者遺族を見た。彼らは時効が廃止されればずっと犯人を追える。だが慎一の事件、もう時効は過ぎていてディオニスを罪には問えない。とはいえ証拠と共にディオニスが誰であるかを突き止めれば、慎一の冤罪は晴らせた。八木沼はそれでよかった。それが証拠さえ消えた状況ではもう……いや、まだ諦めるものか。

ディオニスはメロスからの突破は不可能だと言った。だが二人が共犯である以上、絶対に何かしらの関係はある。メロスであった鉄蔵、その過去を調べることは有効なはずだ。持田や佐々木に、鉄蔵がやっていた慈善活動のことを訊ねたがよくわからなかった。犯罪被害者や加害者の元を回って多額の金銭的援助をしていたというくらいだ。

　秋山に資産状況を調べてもらったところ、八木沼に渡した五千万円が彼の最後の財産だった。八木沼はその金を秋山に返還した。ただもう慈善活動からディオニスにつながる情報を得ることは厳しい。突破口と呼べるものは梅蔵くらいしかない。藁をもつかむ思いだ。

「八木沼さん……ですよね？」

　駅長室前には八木沼より五歳ほど年上の男が立っている。

「よろしくお願いします」

「じゃあ、さっそくお話ししましょうか」

　この男性は元電車の運転士だ。秋山梅蔵の死について、鉄蔵は殺されたと物騒なことを言っていたようだが、真相はどうなのだろう。弁護士の石和を通じて連絡をとってもらった。元運転士は歩き始める。二番線へと向かう。

「あのあたりですわ。秋山さんを轢いてしもたんは」

ホームの端から元運転士は淀の方向を指差した。跡が残っているわけでも、花が供えられているわけでもない。何処も同じで枕木と石ころが無数に散らばっているだけだ。

「気づいとったんですよ。そやけど停まれへんのですわ」

「急停止したら、中の乗客も怪我しますしね」

八木沼はフォローするように言った。

「物理的にも無理やったと思います。そやからわしらも祈るだけでしたわ。よけてくれ、たのむからよけてくれって」

「梅蔵さんは、自殺じゃなかったんでしょうか」

八木沼の問いに、元運転士はううんと答えた。

「そうですなあ。秋山さんは一度こちらを振り返ったんです。着とった服、髪形、それにあの時の顔まで思い出せます。顔に浮かんどったのは恐怖――それだけですわ」

「自殺する人間の顔じゃない……そういうことですか」

八木沼は問いかける。元運転士は答えた。

「まあ、自殺する人の顔を他に見たことがあるわけちゃうんで、比較は出来ませんけどな。梅蔵さんは慌てて走って行かはりました。そやけど間にあわへんだわけです。わしが人撥ねてしもうたんはこん時だけやから、余計にあの時のことははっきり覚えとるんですわ」

八木沼は少し考えた。この元運転士以上に梅蔵の死に詳しい人間などいない。話からすると自殺ではないという鉄蔵の言葉は真実である可能性が高い。ただ殺人というのはどうだろう？　それが成り立つとすると、誰かに突き落とされたということになる。

「誰かホームにいなかったんですか」

熱を帯びた口調で八木沼は言った。

「ううん、こっちも誰かホームから飛び出してけえへんか思て、注意して見とりましたけど、ホームの奥には老夫婦がおったんは覚えとります。秋山さんは競馬新聞読んどって、周りには子供が一人しかおらへんだって。まだ小学生くらいの少年やそうです」

小学生くらいの少年……八木沼は少しひっかかるものを感じた。この中書島駅近くに学習塾があって、小学生の頃、慎一はそこに通っていた時期がある。自分がここに住み始めたのもそのことが念頭にあった。一瞬疑われたのは慎一ではないかと思ったが、すぐに打ち消す。そんなことがあれば、親である自分のところに当然連絡が来るはずだ。

「その老夫婦は少年が突き落とすのを見たんですか」

「いいえ、ただはしゃいどるようやったと」

「誰も梅蔵さんが落ちるのを見ていないわけですね」

「そうですな、わしも秋山さんに気づいたんは線路上におった時ですし」

八木沼はラッシュ時の丹波橋を思い出していた。いくら注意しても少年たちは帽子取り遊びをやめない。走り回っていれば思いもよらぬ事故が起きてしまう可能性に彼らは鈍感なのだ。この時の少年もそうだったのではないか。故意で突き落としたのではなく、はしゃいでいたために梅蔵を突き落としてしまった——過失致死ということだ。当然刑事罰はないが、人を殺してしまったという十字架を背負うことになる。

「じゃあ、その老夫婦が嘘をついていなければ、やはりその少年くらいしか怪しい者はいないってことですね」

八木沼は問う。元運転士はそうでしょうなあと言った。

「その老夫婦にお会いしたいんです。住所はわかりますか」

問いかけると、元運転士は首を傾げた。

「八木沼さん、もう二十五年も前のことですよ。とっくに死んではりますわ」

そうですかと八木沼は力なく答えた。淀屋橋(よどやばし)行きの急行が到着し、六地蔵・黄檗(おうばく)・宇治方面はどうこうという頭にこびりつくようなアナウンスが流れた。

「ただ、刑事さんなら知っとりますよ」

元運転士の言葉に、八木沼は飛びつく。

「それは梅蔵さんの事故を捜査した刑事――そういうことですか」

「ええ、結構有名な刑事さんでしてね。今は引退して大学で客員教授してはりますわ」

元運転士はそう言うと、その刑事のことを話し始めた。京都ではそれなりに知られた刑事で、事故と思われた事件が殺人だったことを突き止めたこともあるという。梅蔵の事故もかなり詳しく調べていたらしい。そうか、だからやっさんである鉄蔵は殺人だと思ったんだ——八木沼は元運転士に丁寧に礼を言うとそこで彼と別れた。

一度自宅に戻ると、八木沼は慎一の自転車に乗って京都駅の方へ向かった。

以前ビラ配りをしていた八条口近くを通り過ぎて西に向かう。観光客がいて、西本願寺が見えた。その近くの細い道を自転車で進むと、明治時代の面影を残す建物が見えてくる。その裏手、駐輪場に自転車を停める。ここにさっきの元運転士が言っていた元刑事の教授がいる。

教授室にいなかったので事務室で話を訊くと、教授はよく図書館にいるという。八木沼は図書館に向かった。広い読書スペースにはおらず、屋根裏部屋を連想させる書庫に教授の姿があった。天井が低く、八木沼は何度も頭をぶつけそうになった。やがてがっちりとした体格の老人の姿が見えた。彼が元運転士の言っていた梅蔵事件を調べていた元刑事だろう。教授は立ちながら本を読んでいる。すみませんと声をかけると、こちらに気づく。

「八木沼といいます。初めまして」

元刑事の教授は本を広げたまま、こちらを見た。

老いたとはいえ、威圧感のある眼光が向けられている。

「あんたのことはテレビで見たわ。雪冤のホームページも」

「色々なことがありました」

「真犯人らしい奴が接触してきたらしいな」

「執行されてからもなんです。とてもいたずらとは思えなくて。今日は秋山梅蔵さんの事件についてお訊きしたいと思いまして」

書庫は狭く、他には誰もいない。ここなら誰かに聞かれる心配はないだろう。八木沼は詳しく事情を話すと、教授はやがて本を閉じる。

「わしはあんたらの事件についてはテレビやホームページで見たことしか知らん。そやからあの秋山梅蔵いうホームレスについてしか答えられへんけど、ええな？」

八木沼はお願いしますと答えた。そしてずばりと切り込んだ。

「秋山梅蔵さんは、自殺だったとお考えですか」

教授は息を吐き出して、自分の間を作りながら答える。

「自殺やない、と思う」

「じゃあ事故ですか？　あるいは殺人？　事件の際、疑われた子供がいたって聞きました」

「ああ、おったな」

「その子供の名前はなんていうんですか」

せっつくように問うと、教授は本を棚に戻した。腕を組んでから言う。

「それを知ることが、息子さんの事件と本当に関係があると思うか」

歯切れの悪い回答だった。八木沼は強い調子で問う。

「わかりません。疑われた子供からすれば痛くもない腹を探られるわけで、気分は悪いと思います。正直言いまして、手がかりはほとんどない情況です」

「そうやろうな、ここから冤罪を晴らせたら奇跡や」

奇跡という言葉に、八木沼は少し黙った。そうかもしれない。自分がいくら頑張ろうが、もはや真実は手の届かないところに行ってしまった――それが現実なのかもしれない。

「ただ慎一の叫びが私には聞こえます。自分はやっていない――あの子はそう言っていた。死の間際に私に会いたいと叫んだ。私はそれを信じています」

教授は長い息を吐き出した。八木沼と目を合わせると、頭を掻いた。

そしてそのままじっと考えているようで沈黙が流れた。書庫には何も音はない。古い本の匂いだけがそこにある。一分ほどしてから、ようやく教授は口を開いた。

「ふう……八木沼さんや、あんたには勝てへん」

教授はニヤリと笑う。続けて言った。

「ガキの名前はちょっと後回しにさせてもらうで。先に梅蔵のことを話す。例の事故の後、わしは鴨川のホームレスたちに訊いてまわった。梅蔵ってホームレスは子供らにおかしな塾をひらいとったようや。近づいたらあかんって言う親もおったみたいやな」

「おかしな塾ってなんですか」

「梅蔵は将来の日本を担う若者をわしとのふれあいで育てる、とか言うとったらしい。適塾や松下村塾のつもりかのう。たしかに何人かの子供と仲良うしとるトコは目撃されとる。菓子とか買うてやってな。

そやけど、どうもそんな大層なもんとは違うたようや。子供らからすれば、変なおっさんをからこうて遊んどっただけかもしれん」

「ではその子供の一人が例の少年なのですか」

教授はうなずくと、そうやと言った。

「何と言う名前なのですか」

「そうせかすなや、八木沼さん。さっきのあんたの言い方ならそいつが怪しいって決め付けているように感じる。そういう偏見は持って欲しないんや」

そう言う教授の顔は、妙に包容力があった。声の調子も威圧感はない。鬼軍曹的な人間が老いに伴い、丸みを帯びてきたような独特の抑制がきいていた。

「実はあんたの活動を知って、ずっと心を痛めてきたんや。あのガキはなんか知っとる——そう思った。まして九年後にあんなことがあったわけやからな。わしはそれでも口を閉ざしてきた」

「子供の名前、教えていただけませんか」

急(せ)かしたが、教授は黙っている。おそらくはこの元刑事も、梅蔵の死に不審な点を感じ取っていたのだろう。ただ気になるのは何人かの子供という複数形に変わったことだ。怪しまれた少年は一人のようだが、慎一が中書島の塾に行っていたという事実、あるいは沢井恵美がピアノ教室に通っていたという事実——偶然では済まないレベルになってきたように思う。五分くらいが流れたであろうか。随分長い時間だった。教授は細く長い息を吐いたあとで、意を決したように顔をあげる。心なしか鋭い眼光が消えているように見えた。

「わかった。聞いてもらおか」

八木沼は顔をあげ、教授の唇に注目した。

「ガキはまだ小学二年生やった」

やはり慎一ではない。慎一は当時六年生で計算が合わない。

「そんなに小さいのですか」

「そうや、そしてそのガキの名前は長尾孝之」

「なんですって！」

八木沼は大声を出した。体がぐらりと揺れた。

「この長尾いう少年、あんたもよう知っとるやろ？」

教授の問いに、八木沼は黙ってうなずく。

「わしもひっかかっとったんや。二十五年前の事件は梅蔵さんには悪いが、所詮一人のホームレスが轢かれて死んだだけの事件ともいえる。そやけどあんたの息子さんの事件を聞いて、頭をバットかなんかで殴られたような思いがしたんや。わかるやろ？　それはあんたの息子さんが逮捕されたからやない。殺されたのが長尾靖之、あのガキの兄貴だったもんでや」

教授は言葉を切る。八木沼は問いかけることも忘れて話に聞き入っている。

「あの兄弟はどっちも悪や」

「どういうことでしょうか」

「兄貴も小学生の時からよう問題起こしとるんや。万引き、窃盗、傷害……あの兄弟、親父が地元のえらいさんで結構顔広いからな。年とってからの子や甘やかされて育ったもんであんなになったんやろ。兄貴は悪いことして捕まった後、善人なおもて往生をとぐ、いわんや悪人をやって言うとった。親鸞上人の教えを曲解しとった。連中の父親は戦後のどさくさで、かなりあくどいことしてのし上がっとる。まあそういう時勢や。彼だけとちゃうやろけどな」

長尾のことはある程度調べた。だが自分もそこまでは知らなかった。

「この兄弟はいつも一緒でな……兄の方は中学以降捕まってへんけど、多分狡猾になったってだけや。悪の本性は変わらん。そういうもんやろ？　何が可塑性じゃ。それに弟はもっと酷い」

「もっと、ですか？」

八木沼は顔を上げて話に聞き入った。

「この長尾孝之いうガキは中高でもよう問題起こしとるんや。傷害、窃盗とかだけとちゃう。婦女暴行、ストーカー問題を何回も起こしとる。中学生の女の子孕ましたこともあった。こういう事件はデリケートやからな。裏で手え回したらけっこう隠蔽できるもんや。少年っていうても、少年法とかで問題になっとる年齢よりずっと下やからな。責任能力自体がない」

「突き落とすくらいだったら、子供でも可能ですね？」

「そういうこっちゃな。ただ長尾孝之は突き落としたこと否定しとるし、突き落としたところを見た証人もおらん。これではどうしようもない」

八木沼は考えていた。長尾孝之が秋山梅蔵を線路に突き落として殺した――これが真実であるとどういうことになる？　教授の話では長尾兄弟はいつも一緒だったという。弟の孝之が疑われたのなら、兄も同じところにいて指図していた可能性が高い。長尾孝之はいくら子供のころの過ちとはいえ、こんなこと、誰にも知られたくないだろう。それに長尾工業は地元の大手企業だ。社名に傷がつきかねない。まさか、長尾孝之が……。

その時、書庫に誰かが上がってくる音が聞こえた。

「どうや？　わしの話、参考になったか」

教授の問いに、八木沼はええと答えた。

「ありがとうございます……何かが見えてきました」

そう言って頭を下げる。丁重に礼を言うと外に出た。

中書島に戻った八木沼は、駅のベンチに座っていた。

思えば二十五年前の事件に関係していたかもしれない人物はみんな死んだ。長尾孝之――この人物を除いて。長尾孝之がディオニスというのは飛躍しすぎているだろう。まだ関係はまるで見えない。だが今の元刑事の話では、長尾孝之が何かを知っている可能性が高い。聞きづらい相手だ。出向いても相手にされず、追い返されるのがオチだ。どうする？　向かい側のホームでは、子供たちが端ではしゃいでいる。母親がやめなさいと注意していた。微笑ましいが、笑う気にはなれない。

家に帰ると、簡単に夕食をすませ、居間の簞笥を開けた。

そこには慎一の思い出の品が入っている。寝屋川の自宅を引き払い、京都に出てきてからあまり見る機会はなかった。少し前まではそうではなかったのに、自転車を含め、ここにあるものは全て遺品になってしまった。八木沼は筒に入った絵を広げてみる。慎一が小学生の頃に描いた八木沼の似顔絵だ。「僕のお父さん」と書かれている。目頭が熱くなった。

八木沼は涙を拭うと、日記帳をめくった。当てもなくめくっているのではない。見たかったのは二十五年前、慎一が小六の頃の日記帳だ。慎一のことは随分調べたものだが、まさか小学生の頃までさかのぼって調べなければいけないとは思わなかった。梅蔵と長尾兄弟は関係している。沢井恵美もその頃ピアノ教室に通っていたというし、慎一も塾でここに来ていた。とても偶然ではかたづけられない。慎一も梅蔵と何か関係があるのではと思った。

そしてその予想は当たった。

秋山梅蔵が轢死した日より前、慎一は京都の友人の所へ遊びに行ったと何度か書いている。これが誰のことであるのかはわからないが、沢井恵美や長尾の可能性は高い。一方秋山梅蔵が死んだ日は空白になっている。やはり意味があると考えた方がいい。友人……元刑事の話では梅蔵は何人かの子供たちと遊んでいたという。慎一も彼らのうちの一人だったのではないか。

秋山鉄蔵は兄である梅蔵の事件を必死に調べていた。元刑事が辿り着く以上に真実に迫っていたのかもしれない。もしかするとホームレス仲間に詳しく事情を訊くため、自分もホームレスになったのかもしれない。凄まじい執念だが、それなら説明がつく。梅蔵を殺したのが少年たちだと確信した鉄蔵はどうする？　きっと怒りを彼らに向けただろう。沢井恵美と長尾靖之を殺し、慎一に罪をなすりつけたとしても不自然ではない。そして鉄蔵はその後反省してメロスを名乗り、八木沼に接触してきた。慎一の死に呵責を覚えた鉄蔵は自殺――推理は一本の線でつながっていく。パズルのピースは一気に埋まっていく。

顔面が紅潮していくのがわかる。

――いや、だったらディオニスは誰だ？

鉄蔵が死んだ日、八木沼に電話をかけてきた人物がいる。あの電話は鉄蔵がかけたのではない。鉄蔵の死亡時刻は電話がかかってくるより前だ。絶対にかけることはできない。さらにエンゼル21から証拠品を持ち出した人物もいる。これらはディオニス以外にありえない。ディオニスという共犯者は必ず存在するのだろう。ただ鉄蔵と同じ動機を持つ者など考えつかない。それともディオニスは鉄蔵を利用し、慎一たちをあんな目にあわせたのだろうか……そうだ、それが一番可能性が高い。こいつは慎一たちに恨みがあった。そしてきっと今、全てをかたづけ終えて笑っている。

慎一が遺(のこ)した八木沼の似顔絵には、よく見ると弁護士バッジが光っていた。今まで気づかなかったよ、慎一……八木沼は似顔絵を見ながら誓う。時効が来ていようが、証拠が消されていようが関係ない。自分はどんなことをしても雪冤を果たす。慎一をこんな目にあわせたのは鉄蔵ではなくディオニスだ。赦さない。ディオニス……お前だけは死んでも赦さない。

4

日曜日、八木沼は珍しくスーツを着込むと、大阪のテレビ局に向かった。

先日真中由布子と約束したとおり、討論番組に出演するためだ。死刑制度論を戦わせるという内容だが、何の気負いもなかった。あるのはこの番組を見ているであろうディオニスに、一言いってやりたいという思いだけだった。先日思いついた推理は、何度も考えたがまず間違いないだろう。鉄蔵と梅蔵、慎一や沢井恵美、長尾兄弟が同時期、中書島にいたこと……ここまでの一致は考えづらい。完全ではなくとも、大筋ではあっているはずだ。ただ問題はディオニスが誰か……そして証拠だ。この壁は高い。気が遠くなるほどに。

「緊張していますか」

話しかけてきたのは真中由布子だった。思えば生でこんな形での出演は初めてだ。真中の話では、被害者遺族の立場として、持田の母である河西沓子も出演するという。

「最初のうちは出演者がある程度それぞれ時間を与えられ、自分の意見を言う段取りになっています。最初は河西さんで次が私、八木沼さんは最後になります。ですから他者の発言中などあまり議論を仕掛けないでください」

「ええ、わかりました」

「途中からはどんどん発言してください」

「まあ、流れの中で適当にしゃべります」

「司会者もいますが、意見は言いませんので」

「こっちも裁判みたいに進行してくれた方がありがたい。過剰な釈明権行使は困りますが」

「これ、言われていたフリップです」

渡されたパネルはテレビでよく見かけるそのものだった。剝がすシールはついていないが、八木沼が注文した通りにわかりやすく作ってくれていた。別に世間に自分の意見をアピールするつもりなどない。

とりあえず出演する以上は考えることをそのまま述べようと思うだけだ。

お願いしますという声がかかり、八木沼はセットに入った。目の前を有名な政治家が通り過ぎていく。テレビを見ない八木沼もさすがに時の大臣くらいは知っている。あまり笑顔を見たことのない大臣だが、彼はなぜかにこやかに集音マイクの前で歌う振りをしていた。笑い声が起こっている。案内されたセットは高級な部屋をイメージさせる造りで椅子だけは豪華だった。八木沼は案内されるままにその椅子に腰掛ける。パネルを横に置いた。番組はこの討論だけをやるのではなく、むしろさっきの大臣出演がメインだった。八木沼と河西沓子は時間埋めの特別企画で対談するという役割のようだ。

やがて隣に真中が座り、やや斜めだが正面に河西沓子が座った。彼女は八木沼を認めると黙って礼をする。八木沼も礼を返した。音楽が流れカメラが移動している。どういう画で映っているのかは知らないが、八木沼は緊張することもなくただ黙って司会者の顔を見ていた。

「さて今年五月からついに裁判員制度が実施されることになるわけです。そしてその中で我々は死刑判決にまで携わることになります」

別の女性司会者がしゃべり始める。

「我々は本当に人を裁けるのか？　我々は死刑判決にイエスといえるのか？　人に死の罰を与えることはいかなる場合も赦されないのか？　そのために今回は特別企画としまして死刑制度論を扱います。今さらという思いもあるかもしれません。しかしこの極刑についてもう一度考えてみようじゃないかということで今回は三人のゲストに来ていただきました」

立て板に水のようにすらすらとしゃべった。出演者は名前を呼ばれるとそれぞれに頭を下げていく。八木沼も元弁護士という紹介を受け黙ってこうべを垂れた。慎一の死については自分の番で説明されるのだろう。紹介されなかった。

番組は打ち合わせどおり河西沓子へのインタビューのような形で始まった。彼女は夫と娘の死の苦しみを淡々としゃべっていく。語気を荒らげたりすることはないがそれがかえって言葉に力を与えているように思う。本当なら自分の前で見せたように娘の死の無念を言葉にして感情と共に吐き出したいのだろうし、そうすることが死刑制度存置への強力な武器となりうるのにそれをしなかった。思いはわかる。殺したいというわけじゃない。この苦しみから逃れたい。それが根本なのだ。時間を巻き戻せるならそれが一番いいに決まっている。

真中は最初に死刑は必要だと宣言した。何人もの遺族を取材し、その痛み苦しみを見てきたと包み込むようなやさしげな口調でしゃべった。ただそう言っておいてから逆接を用い、それでも死刑執行はもっと抑制的でなければならないと強調した。

「それでは最後の三人目、八木沼悦史さんです」

そう言われて八木沼は黙って礼をする。

「八木沼さんは元弁護士という紹介を先ほどいたしました。ですが今回来ていただきましたのは少し違った立場から発言していただくためです。実は八木沼さんは昨年息子さんを死刑執行で亡くされています。出演していただくことを我々も悩みました。しかし今回、そういった立場から発言されることの意義をお感じになり、異例の出演の運びとなったのです」

その説明には嘘があった。そんな立場から発言することの意義など認めてはいない。出演したのはなかば捨て鉢な思いからだ。今も何ら緊張はしていない。おかしな熱が支配している。このカメラに向かってディオニスよ、見ているなら出て来いと叫びたい思いだ。司会者は以前からのいきさつを紹介していく。街頭での呼びかけ、メロスからの電話、天使突抜の一件、そして慎一の死刑執行……だがその言葉は右から左へと抜けていくようだった。

「では早速ですが、死刑制度についてお訊きします。八木沼さんは弁護士時代から死刑制度には反対なされていたと聞きましたが」

「何があっても反対というわけではありません」

「凶悪な犯罪者なら死刑もありという意味ですか」

「そういうわけではありません」

司会者は、ほうと驚いた表情を見せる。お決まりの演技だ。

「私は人が人を殺していい場合は、仕方のない場合だけだと思うからです」

「それは何と言いますか、当然の意見に聞こえますが」

「私が言いたいのは国が……いえ、人が人を殺していい理屈、それを何処に求めるのか？　これをはっきりさせる必要があるということです。我々はそれを復讐権に求めている気がします」

「復讐権？　殴られたから殴り返す、目には目をというヤツですね？」

司会者の問いに、八木沼はええと答える。

「復讐権と正当防衛の理屈がごちゃ混ぜになっている気がします。正当防衛というものは切迫した状況の中でしか成立しないのです。難しく言うと急迫性の要件が必要。殴られたから殴り返す権利が発生するのではなく、自分や他人を守るために殴り返すことが赦されるのです。とっておいてレンジでチンするようにはいかない。これははっきりさせなければいけないんです」

そこで一度八木沼は言葉を切った。だがすぐに続ける。

「死刑制度の議論はもう出尽くしていると言われますが、むしろ私はまだ始まってもいないとすら考えています。人が人を殺していい理屈は何か――国民一人ひとりがこの問いにどう答えるか？　これが死刑制度を議論する上で一番大切なのです。私は正当防衛的状況にしか求めることはできないと考えています。人が人を殺していい明確な論理が聞けるなら私は死刑に賛成します。ですがいまだ聞けません。人が人を殺していい明確な論理を国民一人ひとりが持たないまま人に死を突きつけてはいけない。薄ぼんやりした不安感や、被害者への同情ではいけないのです。だから私は死刑には反対です。ノートに名前を書くだけで人を殺せるような殺人鬼なら急迫性の要件を満たし死刑もやむなしでしょうがね」

真中と司会者は少しだけ口元を緩めた。河西沓子は表情を変えない。

「わかりました。でも死刑には刑罰抑止効果があるわけです。死刑囚を殺すことによって助かる命もあるわけで、これは正当防衛でなくても似たようなものではありませんか」

「かなりアクロバティックな論理ですが、私なりに考えてみました」

そう言ってから八木沼はフリップを提示した。何の面白みもないが作業をこなしていく。

「この表が私の考えた死刑制度四段階説です」

表にはＡＢＣＤという四つの場合分けがされていた。ＡＢとＣＤの間には大きな隔たりがある。Ａには「抑止効果大」と書かれている。Ｂには「抑止効果あり」、Ｃには「抑止効果不明」、Ｄには「促進効果あり」とそれぞれ書かれている。

「私は死刑に犯罪抑止効果があることは当然の前提だと考えています。問題はその程度です。はっきりした効果がなければ認めることは出来ません。正当防衛類似の状況が出来ませんから。よってまず抑止効果を見極めないといけない。私は今の日本はこの表でいくとC段階にあるように思います。抑止効果が不明で人に死を突きつけるというのは、私には納得しかねます。死刑制度を認めるなら、それは理外の理とでもいうべきものになるでしょう」

昔にも同じようなことを言ったな――八木沼はそう思った。

「ですが死刑には抑止効果以外にも色々と意義はあるように思えますが」

「そうですね。今言ったのはあくまで理屈の話です。実際はこんなに機械的には物事は進まないでしょう。特に被害者感情を無視した死刑論議は無意味です。ただ我々が死刑を論じるに当っては先の認識は持っていないといけないと思うんですよ。なぜ殺すのか？　それに対する答えは復讐であってはいけない。しっかりとした理屈が必要で、それはこういう正当防衛やそれに類するもの以外にないと思うわけです」

その時、河西沓子がちらりとこちらを見た。いや、そう見えただけかもしれない。司会者はその後も幾つか質問をした。だが八木沼は一言も冤罪（えんざい）について言及しない。番組制作側からすると八木沼には熱く冤罪について語ってもらいたかったはずだ。そこに肩透かしを食らわせた。

「ところで八木沼さんは冤罪を晴らすためのホームページも作られているそうですね」

「ええ、雪冤というタイトルです」

「八木沼さんは冤罪についてはどのようにお考えですか」

辛抱しきれなくなって、司会者はあまり脈絡のないところからその話題を切り出してきた。だが八木沼はあっさりしていた。

「死刑制度論と直接関係はありません。冤罪をどうやってなくしていくかは制度の整備の問題です。死刑制度存続を求める者が被害者感情を論拠とすべきでないのと同様に、死刑制度廃止を求める者はこの冤罪というものを根拠にすべきではありません。それらは重要な問題ですが存廃論とは別次元の話なのです。切り離して別個に考えなくてはいけない」

そこで一度言葉を切る。ゆっくりと嚙み締めるように言った。

「ただ冤罪による処刑は……絶対に赦されてはいけないことです」

その後行われた議論は、淡白なものだった。

真中由布子が一番よくしゃべり、自分の存在意義をアピールしているようだった。ただそれは取材力と知識の自慢というレベルを超えるものではなかった。八木沼と河西沓子は直接的にやりあうことはない。八木沼は彼女の顔を見つめ、あなたは敵じゃない――そう言いたかった。その思いが通じたのか彼女も鋭い爪を見せびらかすことはしなかった。

ただ時間が差し迫ってきた頃、彼女は八木沼に訊いた。

「八木沼さんは冤罪についてまるで語られない。何故ですか？」

その一撃は直接的なものだった。

「これでは番組で議論する意味がありません」

熱を帯びた言葉が二撃目となって襲う。八木沼は苦笑するが、タイムアップまでまだ余裕がある。逃げ切ることは出来そうにない。

「私は被害者遺族として死刑制度の存続を訴えています。ですが廃止論に全く耳を貸さないわけではありません。とくに冤罪の問題には心を痛めています。だから無視することなく議論したいのです。もう一度訊きます。八木沼さん、何故冤罪について語ろうとされないのですか」

「冤罪は死刑制度の本質だと思わないからです」

「そんなはずはありません。あなたは心の底から本当は怒りに打ち震えているはずなんです」

その通りだ。八木沼はそう思いつつ、そう思われますかと訊ねた。

「あなたは息子さんが冤罪だと思われているのでしょう？」

「そうです、ですが……」

八木沼の発言途中で河西沓子はさえぎった。

「もし私がそんな立場ならそんなに冷静ではいられないでしょう、怒り、苦しみ、もがき、打ち震える……きっと自分を抑えられない。冤罪なら誰かに殺されたということです」

やや間をあけてから八木沼は言った。

「……そう思っていますよ」

押し殺した八木沼の声で場内は緊張に包まれた。司会者も心なしか興奮気味だ。最後になって初めて議論らしくなった。死刑制度を論じるという意味では脱線しているが、言葉が熱を帯び始めた。沸き上がる本音の衝動を抑えきれそうにない。八木沼はもう一度言葉を発する。

「本当はこのままやり過ごそうと思っていたんですよ。こんな番組なんてどうでもいいと思っていました。でも感情を抑えるのは難しいですね。すぐに見抜かれてしまう。いえ、ただ単に私に役者の才能がないということでしょうか」

「八木沼さん……殺してやりたい――この思いは理屈じゃないんです」

「わかります、あまりにも痛いほどに」

「真犯人が見つかったらどうしますか？」

河西沓子の問いに、八木沼は言い淀んだ。ディオニスの正体を確信したとして、自分はどうするだろう？　もう時効は過ぎている。証拠もおそらく処分されている。それなのにディオニスが誰か自分だけに確信できたなら、八木沼は雪冤のため、どうすれば良いだろうか。

「わからない……どうすればいいんですかね？　ただ考えようによっては私の場合、日本国民一億三千万の大部分が仇です」

失言だ――八木沼はそう思った。だが不思議なほどに後悔がない。河西沓子にあおられるように感情は燃え広がっていった。テレビの前だろうが何だろうがもうどうでもよくなっていた。わかっている、理性的にいくら振る舞おうとしても、自分は感情の起伏の大きい人間なのだ。

「真犯人はメロス、いえディオニスでしたっけ？」

河西沓子はそう言った。八木沼は答えて言う。

「そうです。もうメロスは死にました。名前もわかっているが言いません。もう私はメロスにはそれほど恨みを持っていないからです。真犯人はディオニスです」

その発言に司会者は何とも言えない笑みを浮かべた。

「殺してやりたいでしょう？」

「ええ、本当に憎い。この命に代えても……そんな気持ちになる」

そこで時間が来た。

八木沼は涙こそ見せなかったが興奮で顔が紅潮していた。司会者もまさか最後にここまでの応酬になるとは思わなかっただろう。やりすぎだという思いと、してやったりという思いが交錯しているような表情だった。そんな中でお別れの言葉を発している。彼が何をしゃべっているのかわからない。エンディングのテーマが流れる中、八木沼はうなだれていた。

テレビ局を出た八木沼は、逃げるように京阪に乗り込んだ。

ただ自宅のある中書島で降りず、宇治線で三室戸に向かう。テレビ出演は失敗だったかもしれない。失言の上に乗せられて感情を昂ぶらせた。反感を買っただけで、何の意味があったのだろう。だがもうテレビ討論のことは考えたくない。反省も必要ない。今はただディオニスに迫るため、前を向きたい。それだけだ。

向かう先は長尾工業だ。

三室戸の駅から歩いて十分ほどで長尾工業が見えた。日曜日ではあるがやっている。謝罪のために自宅に訪問したことはあったが、こちらに来るのは初めてだ。地方の工場とはいえ規模はかなりのものだ。駐車場には車を二百台くらいは停められるだろう。第二工場と書いてあるから他にも工場があるということか。

実は長尾家への疑いは十六年前からあった。遺族に疑いを向けることはためらわれるが、重大犯罪の多くは身内で起こると言われている。だからまだ当時十三歳の沢井菜摘すら疑った。長尾家に疑いを向けることは弁護士として、真実を希求する者からして当然のことなのだ。とはいえ決め手にかけた。動機の面でも実行可能な人間という面でもそうだ。

自分の推理が正しいなら、メロス——秋山鉄蔵は慎一たちに恨みを持っていた。梅蔵の死の原因を作った少年たちに。これはおそらく動かない。だがディオニスは別だ。奴の行動原理は読めない。梅蔵の死に鉄蔵と同じくらい恨みを持つ人間などいそうにない。ディオニスはきっと別の理由で行動していたのだ。ただ二人は繋がっている。その繋がりを知るためにも梅蔵事件を詳しく知ることは重要だ。それに正直、糸口は慎一に殺されたとされる長尾靖之の弟である孝之——もうこいつ以外にない。

ただ長尾に会いたいと申し込んでも、断られるのは間違いない。菜摘も最近、長尾とは切れているようだし、普通の方法ではうまくいかない。不意打ちを食らわせるしかないだろう。

八木沼は守衛の隙をついて思い切って中へ入ってみた。

清潔にと書かれた工場横の階段を上がると、工場内部が見えた。近代風の綺麗な造りで、工場というイメージからは遠い。飾り気はなく病院を思わせる内部だった。中では防塵服に身を包んだ工員が半導体のチップのようなものを機械で扱っている。横ではパソコン端末にデータを入力している工員がいる。弁護士の石和は司法試験に受かる前、ここで働いていた経験があるという。その石和の話では過酷な労働を強いる、汚い工場だったらしい。だが今はそれではやって行けないのだろう。ホームレスなど日雇い労働者が出来そうな仕事ではなくなっている。

廊下を歩いていると、誰かがやってきた。女性事務員のようで書類を脇に抱えている。隠れる場所はなく、やり過ごせそうにない。八木沼は菜摘の話を思い出していた。長尾工業は社長だった長尾の父の死後、母が社長になっている。長尾孝之は工場長の肩書きで、数年後社長になるらしい。それなら思い切って……八木沼は自分から事務員に近づいた。

「すみません、弁護士の持田というものですが、長尾孝之工場長はおられますか」

とっさに偽名を使った。さすがに本名は出せない。

「製造品のＩＳＯ認証問題の件で、内密に相談があると連絡を受けまして」

口から出まかせだ。だが女性事務員は少しかしこまったように丁寧に応対する。階段を上がり、こちらですと言って部屋の前まで案内してくれた。

「ありがとうございます。後は自分でまいりますので」

八木沼は丁寧にそう言った。とりつがれると約束などないので不審に思われるからだ。事務員はそうですかと言うと、会釈をして階段をおりていく。部屋の近くには誰もいない。八木沼は大きく息を吐き出すと、コンコンと扉を二度ノックした。

「はい……どうぞ」

その声に応じ、八木沼は扉を開く。広い部屋の中には作業服を着た青年がいた。机の上に製品の設計図が広げてあり、専門の工具が無造作に乗っている。長尾はうつむきながらその設計図を見ていたため、こちらに気づくのが遅れた。

長尾が顔を上げた時、すでに八木沼はすぐ近くまで迫っていた。こちらに気づくと、長尾は大きく目を見開いて驚いていた。彼が大人になってからは会っていないが、自分が何者であるかはすぐにわかったようだ。口元が少し震えている。ただ言葉は出て来ない。

「訊きたいことがあるんですが、いいでしょうか」

八木沼は落ち着いた口調で切り出した。長尾はまだ黙っている。

「秋山梅蔵の件ですよ……詳しく訊きたい」

そう言うと、長尾は入口の扉を指差した。

「帰ってくれ……話すことなど何もない。帰れよ！」

八木沼はにやりと笑うと、右手で長尾の髪をつかんだ。左手で机の上にあった錐（きり）のような工具を長尾に向けた。長尾は警察がどうとか、かすれた声で叫んでいるがよく聞き取れない。

「梅蔵のことを話してもらおうか」

「殺してない！　僕じゃありません！」

怯（おび）えきった小動物のような顔で長尾はそう言った。

「本当です、僕は知らないんです！」

「そんなことじゃない。関係を知りたいんだ。息子の慎一とお前の兄はどういう関係だ？」

「ただの友達です。塾で一緒だっただけの」

「嘘をつくんじゃない！　知っていることをしゃべれ！」

長尾は青い顔をしていた。逆に八木沼は無表情だ。長尾は必死で考えていたが、ようやく思い出したようでその言葉にすがりつくように言った。

「兄貴に頼まれました。淀の方を見ろって言えって。それだけです。僕が押したから落ちたんとちゃいます！　ホンマです！」

「それだけか？」

「ホンマです。信じてください！」

泣き出しそうな長尾を八木沼はしばらく見つめていた。だが心はすでに長尾から離れている。やはり慎一たちは梅蔵と関係していた。それは間違いない。だがこいつからこれ以上の情報は引き出せないし、ディオニスはこいつじゃない——そういう思いが支配していく。こいつはおそらく殺人などとてもできない。ただの怯えた小悪党だ。八木沼は工具を投げ捨てると、長尾工業を後にした。

中書島へ帰る電車の中、携帯は何度も震えた。登録していないが、寝屋川で受けた時と同じ。ディオニスからのものだ。メールでもさっさと出ろと送ってくる。奴もテレビを見ていて連絡してきたのだろう。無視し続けていたが、中書島駅のトイレでようやく通話ボタンを押した。

八木沼は何も言わなかった。ディオニスも黙っている。

八木沼が大きなため息をつき、それを合図にディオニスが先に言葉を発した。

「無様ですね。テレビを見ましたが酷いもんだ」

「そうだな。反論はしない」

「笑わせてもらいました。最初のうちは理知的にしゃべっているのに少しあおられただけでそんな理性は飛んでしまう。耐性がないというやつです。日頃から何があっても死刑は駄目だと言っている廃止論者が、自分の息子が殺されて逆に殺してやると叫んでいるようでした」

くっくっとディオニスは笑いをこらえた声を発していた。

「それになんですかあのへんてこな理論は？　子供だましの四段階

説、くだらない理論です。誰もあなたの言うことなど支持しませんよ。トリーペルの政党四段階説を参考にしたのですか？　多分見ていた視聴者はネットで四段階説のあとに括弧で笑いという文字を刻んでいるでしょう。もしくはwが十個くらい連打されているかもしれません」

「知ったことか。もうどうでもいい」

吐き捨てるように言った。

「八木沼さん、あの討論は完全にあなたの負けです」

「そんなことはわかっている。論破ごっこなどクソくらえだ」

「本当に私はあれを見てつらく思いましたよ。あなたは論理のかたまり、理性の象徴のような人間でした。でもそれがこんなにももろく崩れていく。慎一君を亡くした痛み、私への怒りでここまで我を忘れてしまう。同じ死刑制度廃止論者として情けないです。廃止論者のイメージダウンも甚だしい。ちゃんと冤罪を中心に議論してくださいよ」

こいつは死刑制度廃止論者なのか。一瞬、情報が得られたように思ったが、適当なことを言っているのかもしれない。

「冤罪を中心に廃止論はもり上げていかなくてはいけないんです。統計を見てください。廃止すべき理由には冤罪があるからってのが多いでしょう？　イギリスではエヴァンス事件という無実の人間が死刑になる事件があって廃止に向かいました。まだ日本にはそんな事件はありません。たぶん起これば変わりますよ。逆にあなたの正論では何も変わらない。全く届かない。わけのわからない屁理屈をこねているとしか映らないんです」

ディオニスの言葉に、八木沼は応えて言った。

「私は被害者遺族の無念を利用して死刑を肯定することが大嫌いだ。虫唾が走る。だが冤罪被害にあった人の無念を死刑廃止の根拠に利用することも同じでね」

「ほう……それは異端、珍しい考えです」

「テレビでも言ったはずだ。人が人を殺す意味を考えない議論など無意味だと！」

大声で言うと、ディオニスは沈黙した。珍しい。こいつが死刑について真面目に考えているとは思えないが、八木沼も口を閉ざした。ディオニスはしばらく無言だったが、通話が切れたわけではない。やがて沈黙は破られた。

「慎一君と同じ考えですね……さすがに親子だ」

それは意外な言葉だった。慎一は死刑制度肯定派だ。だが基本的に自分と同じ……そうかもしれない。あの子は死刑執行ボタンを皆で押せと言っていた。それは人が人を殺す意味を深く考えた結果だ。結果が違うだけで、基本的に自分と同じ考えなのかもしれない。廃止派、存置派……両者にそれほど違いはないのかもしれない。

「ところで八木沼さん、私は証拠をやっと回収しました」

ディオニスの言葉に八木沼は我に返った。

「悔しいでしょう？　もうどうすることもできませんよ」

八木沼は言葉が出ない。やはりそうか……わかってはいたが、ショックはあった。証拠がなければ、こいつの正体をつかんでも無意味だ。

慎一の冤罪は晴らせない。

「八木沼さん、これからどうしますか？」

「お前を公の場に引きずり出して真一の無念を雪(そそ)ぐのみだ」

絞りだすように言った。だが言葉に力はない。

「だから不可能だと言っているでしょうが」

「いや可能だ、人間の情熱を甘く見るな！」

情熱？　と噴き出すようにディオニスは言った。

「証拠もない、時効も成立している、死刑囚は死刑に処されている。八木沼さん、あなたはここからどうするというのですか」

「いざとなれば証拠などいらない！　時効も関係ない。私が確信して覚悟すればいいだけだ！」

「私を殺すというのですか」

「絶対に貴様に復讐してやる！　私にはもう何も失うものなどない！」

八木沼が叫ぶと、ディオニスは笑った。

「復讐？　雪冤が復讐に変わりましたか？　お笑いだ。さすが人権屋ですね。腐った弁護士だ。人権を守れ、被害者感情は考慮するな、被告人を死刑にしても死んだ人間は生き返らない。加害者の更生こそが被害者のためにもなる――そう言うんでしょ？　あなたたちは。偉そうに言っていても自分の息子が殺されれば相手を殺してやるというわけですか。ふう……所詮は甘い死刑廃止論のゆりかごに揺られて気持ちよく眠っていただけですね。気持ちいいでしょう？」

八木沼は言い返せなかった。ディオニスの言葉はあながち的外れではない。自分は実家が裕福だったから刑事事件を多く手がけられただけで、多くの弁護士は民事中心に稼がざるを得ない。本当に人の痛みがわかっていたのかと問われると困る。八木沼は黙り込み、ディオニスはまくし立てたせいで息を整えている。

「何故だ……何故慎一たちをあんな目にあわせた？」

八木沼は静かにそう訊いた。ディオニスは答えない。

「何故だと訊いている。答えろ！」

問いを重ねると、ディオニスは小声で言った。まだわかっていないのかと。

「知っているでしょう？　二十五年前、秋山梅蔵というホームレスが死にました。でもどうやって死んだかわかりますか？」

　今度は八木沼が沈黙する番だった。

「三人の子供たちに殺されたんですよ。長尾靖之、沢井恵美、そして八木沼慎一に」

　八木沼は言葉を失っていた。推理は当たっていた。やはり梅蔵の事件と関係していたのか――だが証言ではホームには慎一たちの姿はなかった。どうやって殺したというのだ？　長尾孝之に命令したということか。八木沼はそう問いかけた。

「置き石ですよ。彼らは線路に置き石をした。梅蔵は生真面目な人間でね、それを払い除けようと線路に降りた。それで轢かれた。やっさんが……鉄蔵が真相を私に話してくれました」

置き石——考えもしなかったことだ。これで鉄蔵の動機、行動は明確になった。だがこいつは別だ。まるでわからない。鉄蔵と親しかったことだけはわかる。誰だ？　そしてどうして？

「お前の動機を訊いている！　ディオニス、お前なんだろ？　直接手を下したのは！」

八木沼が叫ぶと、ディオニスは笑った。

「動機？　憎かったからに決まっているだろうが」

丁寧だった言葉が、急に荒っぽくなった。ディオニスは続けて言う。

「沢井恵美も長尾靖之も関係ない。お前の息子が憎かったんだよ！　だからやっさんを利用した。人は世界に一つだけの花？　誰にでも長所はある？　ふざけるな！　お前の息子は恵まれすぎだ。一人で幾つ持っていた？　俺には何もなかった。だから奪ってやった……それだけだ！」

「慎一が恵まれていたから殺したというのか！」

「そうだ、何か文句あるか！」

ディオニスの言葉に八木沼は大声で叫んだ。自分で何を言っているのかわからない。ディオニス、殺してやる！　絶対に殺してやるぞ――そんなことを口走っている。八木沼の大声に、やがて駅員が気づいたようで駆け寄ってきた。どうしましたと訊いてくる。八木沼は顔に手を当てながら何でもありませんと答えた。

駅員が去ってから、ディオニスは言った。落ち着いた声に戻っている。

「一度だけチャンスをあげましょうか、八木沼さん」

「チャンス？　どういう……意味だ？」

「来週日曜、舞台があります。沢井菜摘さんの出演する舞台です。ご存じですか？　この舞台の日にすべてを終わらせましょう。私は劇を見に行きます。そこにいる誰かが私です。見つけられればあなたの勝ち……あなたと私の戦いはそこまでだ。私たちの舞台はそこで終わる。その日を最後に、私たちはもう会うこともないでしょう。確信して覚悟する……でしたっけ？　できるかどうか見せてもらいましょう、あなたの言う雪冤を」

その日、また連絡しますよ――最後にそう言って電話は切れた。

八木沼は放心状態で駅を出ると、夕暮れの中を歩いて家に戻った。

ディオニス……奴はどうするつもりなのだろう？　ただ今の電話で多くのことがわかった。慎一は実質的に殺されたのだ。恵まれすぎていたという馬鹿馬鹿しい理由で。そして今の電話で奴が誰であるのかもほぼわかった。確信というところまではいかないものの七十……いや八十パーセントくらいの自信はある。もう少し調べれば、百パーセントにできるかもしれない。だが奴の言うとおり、証拠はもはや得られないだろう。証拠がなければ慎一の冤罪を晴らすことはできない。

家に帰ると、留守番電話のランプが点滅していた。

ディオニスかと思ったが違う。警察だ。連絡を取ると、さっきの件で長尾が脅迫を受けたと被害届を出したということだ。八木沼は伺いますと言って通話を切る。伺うと言ったが無理だ。菜摘の劇に行かないといけないからだ。今拘束されるわけにはいかない。受話器を置くと、おかしな笑みが溢(あふ)れてきた。何だこれは？　ディオニスではなく、自分がおたずね者か……。

——慎一、私はどうすればいい？

八木沼は窓の外、夕陽に向けてそう問いかける。答えなどない。八木沼は台所に行き、買ってきた夕食の材料をテーブルの上に置いた。何気なく流し台を見る。夕陽に照らされて、まな板の上に載っていたナイフが鈍く光を発しているのが見えた。

第六章　雪　冤

1

京都こども文化会館では、演劇の練習が行われていた。

明日の舞台を前に今日は予行演習がある。菜摘は会館前に自転車を停めると、正面入口から大ホールへと向かう。約束の時間前だが、練習はすでに始まっているようだ。

「おはようございます！」

不必要に元気のいい挨拶に迎え入れられた。一人の挨拶が誘爆を引き起こしたように挨拶の連鎖が起きた。菜摘もおはようと挨拶を返す。劇団あおぞらの面々は皆、底抜けに明るい。下手くそだが、演劇をするのが楽しくて仕方ないのだ。

「チケット、無茶苦茶売れているみたいですよ」

小道具のチェックをしていると、メロス役の青年が話しかけてきた。

「へえ、そうなんや」

「信じられないですよ、ほとんど自腹だった去年まではえらい違いだ」

青年は目を輝かせていた。それはよかった。だが今、自分の心は劇にない。菜摘は少し申し訳ない気持ちになった。衣装の置かれた一階の第四楽屋で着替えを済ませると、すぐに練習に加わった。ただよくミスをした。まるで心ここにあらずだったからだ。

「すいません。もう一度お願いします」

青年の声に菜摘はごめんと答える。滲(にじ)んで来た汗を肩口で拭(ぬぐ)った。

八木沼が失踪(しっそう)してから一週間ほどが経つ。

テレビ出演を終えた後、八木沼は長尾の元を訪れ脅迫行為をした。そして姿を消したという。菜摘のところもそうだが、持田や石和のところにも全く連絡はないらしい。携帯にも何度かかけているがつながらない。メロスの正体が判明し、これからというところだったのにどうしてしまったのだろう？　考えるがわからない。わかることは何かがあったということだ。テレビに出ていた時の八木沼は憔悴(しょうすい)していた。

一人で全てを抱え込んでいるように見えた。

菜摘はこれまであったことをもう一度思い出してみる。だがディオニスが誰で、何のためにこんな真似をしているのかなどわからない。それより今は八木沼だ。どこにいるのか？　何をしようとしているのか？

最悪の場合はすでに死んでいるということだろう。菜摘の知らない情報を得て、もうどうしようもないと思い早まったことをした……八木沼はそんなことなどしない――そう思いつつも否定はできない。長尾の所に乗り込むなど普通はしない。よほど追い詰められていたということだ。

大ホールではメロス役の青年は舞台装置が正常に機能するかどうか

点検をしている。大道具小道具の専門家はいない。あくまで素人による手作りの舞台だ。練習が終わると、ディオニス役の青年がみんなの前で気合を見せた。

「じゃあみんな、明日はがんばろう！」

掛け声に応じ、団員はかなりやかましい声で気合を示した。何語かわからない言語をしゃべっている者もいる。菜摘は荷物を整理し、着替えてからホール入口に向かった。そこには鎖をジャラジャラさせた革ジャン男が立っている。ガムをくちゃくちゃと嚙んでいた。何処へ行けばいいのかわからないという様子で持田が立っている。菜摘はおはようと声をかける。

「ああ、おはようさん、終わったようだな」

持田は自然に答えた。昼過ぎにおはようはおかしいと思いつつ、わざと言ったのだが。

「芸能界は夕方でもおはようだろうが」

いつの間にかここは芸能界になっていたらしい。持田は大ホールを眺めている。俺も出演させてくれと言いつつ、座席を押した。クッションの心地を確かめているようだ。だがすぐあとで意味もなくパンチを食らわせていた。まるで意味のない子供のような行動だ。

「ちょっと話があるんだ。いいだろ？」

大ホール右側の廊下を通って、二人はチンチン電車のレリーフの所に出た。

「で、話って何なん？」

「おっさんのことだ。そっちもまるで連絡ないんだよな？」

菜摘は何も言わずうなずいた。持田は続けて言う。

「おっさん優しそうな顔してるけど、内心ではすげえ燃えてるからな。わかるよ。俺はともかく、俺のおふくろだって疑っていたくらいなんだから」

「ごめんなさい、それは私も同じ」

菜摘は持田に謝罪する。あの頃はそうだった。持田とその母に疑いを向けていた。今となれば荒唐無稽な疑いだったが当時は真剣だった。

「いや、多分今だって疑ってるよ。おっさんは誰も彼もみんな疑っているんだ。どんな人間も例外じゃない。場合によっては向こうを歩いてる猫だって疑う。弁護士時代のギラギラした状態に戻っている。ハンターみたいになってると思う。怖えよ」

持田は口を閉ざした。菜摘は思う。人は苦しみがある時、それを誰かにぶつけたいと思う。ぶつけられるならいい。いやぶつけることが正当ならいい。死刑もその一つだ。だがそうでない時、その苦しみは何処に向かうのか。どう処理されるのか。八木沼は弁護士として様々な人の痛みに触れた。わかったつもりだった。だが自分が被害者になってみて初めてその思いを理解したのではなかろうか。テレビ討論を見ていてそう感じた。

「もう一週間近くだろ？　行くとしたらあそこくらいだ」

持田の言葉に菜摘は顔を上げる。どこなのかと訊（たず）ねた。

「鴨川のホームレスのところだよ、泊めてもらってんじゃねえか」

それは可能性がある——菜摘は思った。八木沼はここ一年ほど、鴨川のホームレスを徹底的に調べていたという。仲良くなった者もいよう。全く家には帰っていないらしいし、どこかでは泊まらないといけない。ホームレスの元に身を寄せるということも充分ある。

ただこんなことをして何の意味があるというのか？　長尾が被害届を出したといっても、逃げ回らなければいけないほどの罪なのだろうか？　自分の立場を逆に不利にするだけだろう。八木沼の行動の意味がわからない。それでもそこに八木沼がいるのなら会ってみたい。どういうことなのか問いただしてみたい。

「わかった……じゃあ行ってみよか」

菜摘は言った。持田はああと言ってうなずいた。

鴨川河川敷にはよく、等間隔でカップルが並んで座っている。この日も青空の下、何組ものカップルの楽しそうな姿が見られた。二月も下旬になり、暖かくなってきたからだろう。逆に少し前に比べ、ホームレスの青テントの数は減っている。秋山鉄蔵が住んでいたテントももうなかった。この程度の数、八木沼がいるなら、根気よく調べれば見つけられるだろう。

すでに日は暮れかけている。二人は手分けしてホームレスを当たってみることにした。

菜摘は荒神橋より北側を調べることになった。荒神橋には秋山鉄蔵の死の際に来たことがあるので訊ねやすい。歯の抜けたホームレスやシアトルマリナーズの帽子をかぶったホームレスに訊ねた。だが知っている様子はない。明日の劇のことは知っているにもかかわらず、八木沼についてはまるで知らないようだ。それから何人ものホームレスに話を聞いた。だがいずれも同じような対応だった。劇のことは知っているのに八木沼は知らない。

荒神橋での聞き込みを諦めた菜摘は自転車に乗った。夜のとばりが降りる頃に賀茂大橋に行くと、青いテントの前でうたた寝をする赤ら顔の男に声をかける。好奇の目で見られた。

「あんた、沢井菜摘いう子やろ？」

菜摘はそうですと答える。

「噂通りべっぴんさんやな……明日の劇、観に行ったるよってな」

ありがとうございますと菜摘は言った。ここも荒神橋と反応が同じだ。劇団員たちは大いに宣伝したと言っていたが、こんなところまで広がっているとは思わなかった。ただ本題はこんなことではない。菜摘は問いかける。

「すみません、八木沼さんを知りませんか」

赤ら顔のホームレスはいいやと答える。ただその表情にはそれまでのホームレスとは少し違うものがあった。八木沼は失踪しているのだし、匿（かくま）っているのなら正直に言うはずはない。事情を話し、どうしても会いたいんですと頼みこむと、ホームレスは大きな息を吐いた。

「確かにあの人はおった……けどさっきまでや」

さっき？　やはりいたのか――自殺という最悪の線が消えたことに

胸をなでおろす。だがすぐに疑問が浮かんでくる。もういないとはどういうことだろう。

「ホンマは明日出てく予定やった……けどあんた、さっき荒神橋で八木沼さん探しとったやろ？　ここにおったら見つかる言うて出てかはったわ」

それは嘘をついているとは思えない表情だった。

「どこへ行くか言うてはらへんだんですか」

「言うてへん……たぶん決めてへんかったのやと思う。八木沼さんはありがとうとだけ言い残してどっか行かはった。なんか寂しそうやったな」

菜摘は言葉に詰まった。ただ単に長尾の一件から逃げているだけとはとても思えない。それに今日自分がやって来る前から明日という期限を切っていた。これにはきっと意味がある。明日までしのげばいいということだろう。明日……何かがあるということか？　菜摘にとっては演劇があるだけだが、八木沼にとってはあまりにも重要な何かがあるということだろう。そしてそれはきっと事件のことだ。それ以外にない。

動いている。自分の知らないうちに事件が……ディオニスと八木沼は連絡をとっているのではないか。ひょっとしてその日に二人は会うということか。あるいは八木沼は誰かをディオニスと確信していてその日……いや、まさか。ただ八木沼に気づかれた以上、これ以上の捜索は無意味だろう。菜摘はホームレスに礼を言うと、持田に連絡をとって事情を話した。

「そうか……じゃあ、あんたは戻れよ、俺は念のため、もうちょっと調べてみる」

持田はそう言った。菜摘はありがとうと言うと階段を上った。

停めておいた自転車にまたがる。だがその瞬間に携帯が鳴った。取り出すと表示は八木沼になっている。菜摘は慌てて通話ボタンを押した。八木沼さんという菜摘の呼びかけに、八木沼はしばらく無言だった。菜摘は辺りを見渡す。このタイミングでかけてくるということは八木沼はまだ近くにいるのかもしれない。だがわからなかった。

「ご迷惑をおかけしました……沢井さん」

ようやく八木沼はそう言った。菜摘は探すのを諦めて通話に集中する。

「沢井さん、あなたには連絡をしなければいけないと思っていました」

続けて八木沼は言った。菜摘は何のことですかと問いかける。

「ディオニスのことですよ……私には奴の正体がわかりました」

菜摘は言葉が出ない。誰ですかと問うこともできない。ディオニスの正体がわかった——この言葉を正面から受け止めることはできない。八木沼の精神は今、おそらく普通ではないだろう。確たる証拠などなく、思い込みだけで突っ走っているのかもしれない。菜摘は唾を一度飲み込んでから、ようやく問いを発する。

「誰……なんですか」

「その前に十六年前の事件についてお話しいたします。いえ、正確には二十五年前の事件からということになりますが……」

それから八木沼は事件について話した。

全ては二十五年前、秋山梅蔵というホームレスの死から始まっていたことだという。姉たちが置き石をしたことが、その死につながっていた。梅蔵の弟の鉄蔵は執念で真相を突き止めた。そして鉄蔵とディオニスはある日、姉たちを殺した……。

それらは菜摘にとって受け入れ難い事実だった。だが確かにそう考えると全ての辻褄（つじつま）が合う。姉たちがホームレス支援を始めたのも、おそらくは罪滅ぼしの気持ちがあったからだ。また鉄蔵が揺れていたことも事実だろう。姉たちへの恨みと、無実の罪で処刑される八木沼慎

―……彼は恨みと罪悪感の狭間（はざま）に立っていた。ただ問題なのはディオニスだ。この人物は鉄蔵とどういう関係なのだろう？　少なくともごく親しい関係だったことだけは事実だ。

「ディオニスはあなたの劇を観に行くと言っています。そしてその後、二度と会うことはないとも……だから私は明日までは出頭することはできないんです」

　ディオニスが来る――背筋を冷たいものが走った。八木沼が一人の人物をディオニスと断定している以上、ディオニスは菜摘の知る人物なのだろうか？　だが二度と会わないということはまるで知らない人物ということなのかもしれない。ただこの口調から考えて、八木沼は思ったほど視野狭窄（きょうさく）に陥ってはいない。少し安心した。

「それで証拠はあるんですか？　その人物がディオニスという確たる証拠が」

菜摘の問いに、八木沼はしばらく沈黙した。

「証拠ですか？　いえ、全くありません」

やがて小さくそう言った。

「ただ確信はあります。あと……覚悟もね」

とても法律家とは思えない台詞だった。菜摘はどういう意味なのかと問いかける。だが八木沼は答えない。どうしてしまったのだろう？　やはりいつもの八木沼ではない。それにこんなタイミングで電話してくるなら、近くにいる。姿を見せればいいではないか。

「沢井さん、それじゃあ、また明日……」

一方的に八木沼は通話を切ろうとしていた。菜摘は待ってと大声で叫んだ。

「八木沼さん、これだけ教えてください。ディオニスは誰だというんですか！」

八木沼は問いかけに何か言った。だが小声過ぎて何と言ったのかよく聞き取れない。菜摘は同じ問いをもう一度繰り返した。だがすでに通話は切れた後だった。

菜摘は帰りかけたが、烏丸通まで来て左に曲がった。

八木沼慎一の弁護人だった石和のいる法律事務所に寄るためだ。自分一人では八木沼の行動は読めない。せめて誰か信頼できる人物と相談したかった。菜摘は携帯を取り出すと、石和のところに電話をかける。事情を話すと石和は驚き、すぐにお会いしますと答えた。

途中で菜摘はこれまでのことを考えた。八木沼は誰かをディオニスと決め付けている。ディオニスと確信した八木沼はどういう行動に出るだろう？　時効は過ぎた以上、司法は当てにならない。一方で真犯人について確信している。毎日が地獄のように苦しくて仕方がない。こんな状況で八木沼はどうするだろうか。

八木沼と話し合うようになって半年、その誠実さを菜摘は充分にわかっているつもりだ。だがそれでも息子を殺した人物を前にして八木沼は冷静でいられるだろうか。ディオニスの正体を確信した今この時こそが最も危険な状況なのではなかろうか。

やがて自転車は四条法律事務所に着いた。

石和は応接室で待っていた。椅子に座ると、菜摘はこれまでのことを洗いざらい話した。石和はそうでしたかと言うと、大きく息を吐き出した。

「私も心配していました。でも自殺してしまったという最悪の事態は回避できたようですね」

「最悪の事態は今から起こるのかもしれへんです」

その言葉に、石和は少し沈黙した。沢井さん……そう言った。

「それは八木沼さんがディオニスを見つけ出して、十六年来の戦いにけりをつけるつもりだということですか？　もっとはっきり言えば証拠もなく殺してしまう。それが心配だと？」

それは菜摘の心中を察した的確な言葉だった。だがさして驚くには値しない。持田も似たようなことを言っていた。みんな考えることは同じなのだ。

「八木沼さんはそんなことはしないと思いますよ」

菜摘は顔を上げた。だといいですけどと言った。

「あの人は何処までも理性的な人です。最後には理性が必ず勝つ」

「石和さんは身内を殺されはったことがあるんですか」

「いいえ、ありません」

「だからそんなことが言えるんちゃいますか」

菜摘の言葉に、石和はうんとうなった。どうですかねと付け加える。

「殺されてみて初めてわかる痛みがある――そう言われると困りますね。復讐心は人一倍わかっているつもりなんですが。出来る限り被害者の方の思いをわかろうとしても、資格がないの一言で終わってしまう。実際私だってそういう状況に陥ればどうなるかわからない。理性を失って暴走してしまうかもしれない。誰か止めてくれと祈るのみです」

「それでも石和さんは八木沼さんが大丈夫やと？」

「そう信じたいだけかもしれません。いけませんね。信じるということは考えないことでもあると八木沼さんは言っていました。思考を止める欲求に負けることだってね。だから最悪のことを考えておくべきでしょう。八木沼さんも人間だ。最高の形は八木沼さんより早くディオニスを見つけ出し、確保することです」

それはそうやけど——言いつつも、あまりにも前向きな石和の言葉に菜摘は気圧(けお)された。ディオニスを見つけ出す——自分はその形をあらかじめ放棄してきたのではないか？　八木沼を止めるということしか考えていなかったのではないか？　だがそれも仕方ない。この状況では何の手も打てない。それとも石和には八木沼と同様、何か思うことがあるのか。

「何か知ってはるんですか？　ディオニスにあてでも」

「ありますよ。そしてその人物は八木沼さんが考えている人物とは違っていると思います」

「石和さんは誰がディオニスだと思わはるんですか」

問いかけに石和は沈黙する。真剣な顔で重ねて問うと、石和は苦笑いを浮かべた。

「すみません……期待させましたか？　本当はよくわかっていないんですよ。人の恨みや嫉妬というのは恐ろしいです。被害者感情とそういうものは根本でまるで同じだと言う人もいます。沢井さんたちからするとふざけるなですよね？　でも本当に怖いですよ。私もディオニスが誰かに関して全く自信はありません。それに私は弁護士です。弁護士が下手なことを言うと、名誉毀損でまずいことになりかねませんから」

菜摘はため息をつく。うまくあしらわれた気がした。

「ただ沢井さん、私が気になるのは慎一君のことなんですよ。正確には刑が執行される前に書いた例の手記があるでしょう？　あれの内容です」

　それは意外な言葉だった。菜摘はどういうことなのかと問いかけた。

「いえ、慎一君は何のために死刑制度論を語ったのかと思いましてね。自分の無罪を訴えたいだけなら、それだけ言えばいいじゃないですか」

　そんなことかと菜摘は思った。普通に無実だと言うより、死刑制度を肯定しながら無実を主張する方がインパクトがあるから――そう言うと、石和はそうかもしれませんとすぐに認めた。こんなことも気付けなかったのだろうか。それとも深読みをしすぎているのだろうか。

　いずれにしてもその日はそれ以上話すことなく、菜摘は法律事務所を出た。

小鳥のさえずりが聞こえ、窓からは朝日が漏れていた。

菜摘はベッドから起き上がるとカーテンを開ける。その朝、もったいないような青空が広がっていた。本番は夜七時からだ。菜摘はコーンシリアルに低脂肪乳をかけ、キーウィを載せただけの朝食を終えた。ソファーに寝そべり、ファッション雑誌を読みはじめる。だがすぐに雑誌はテーブルの上に置かれる。とても集中できない。

あれから色々と考えたが、ディオニスについてはまるでわからない。鉄蔵以外に姉たちに恨みを持っていた者などいるのだろうか？　確かに身に覚えがなくとも恨まれることはある。自分も去年、ドキュメンタリーに出演した時は酷かった。人の嫉妬、恨みは本当に恐ろしい、被害者感情と何ら根本で変わらない……石和の言葉が浮かんだ。

　それは以前なら馬鹿らしいと相手にしない言葉だったように思う。だが今は耳を傾ける余地がある。人が人を憎むこと――それは自然なことだ。だがそれを発散することを制度として認めたり、促進しようとしたりすることは本当に正しいのか？　佐々木牧師はそれではダメだと言った。だが八木沼は今、その発散行為に自分の命を捧げようとしているのではなかろうか。何としてもそんなことだけは止めなければいけない。

　菜摘は用意してあるスポーツバッグを手に取った。

　立ち上がると廊下を浴室の方へ進む。大きな姿見に今の自分の姿を映した。相変わらず見た目だけは若い。十六年前、この鏡は事件の真相、その全てを映していたのだろう。ずっと解けなかったがおそらく今日、すべては終わる。菜摘はスポーツバッグを自転車の前カゴに積み込む。舞台の行われる京都こども文化会館へと向かわずに仏壇の前に来た。以前飾った二人の写真を見ながら心に誓った。必ずディオニスを捕まえる。真実を明らかにすると。帰ってくる時には全てが終わっているはずだ。悲劇など起こさせるものか。

――お姉ちゃん、慎一さん……それじゃあ行って来るから。

そうつぶやくと、菜摘は家を後にした。

2

まだ二月、日は長くなってきたがすでに暗かった。

先斗町には人々の賑わいがあった。すでに出来上がった酔客を尻目に、舞妓さんが何気なく通っていく。そんな賑わいの中、よれよれのセーターを着たスキー帽の男が進んでいく。

――きっとホームレスにしか見えないだろうな。

そう思いつつ、八木沼は自転車を押していた。ここ先斗町には弁護士時代に付き合いで何度か来た。いい子を紹介しますよと誘われたこともある。ただハメを外して遊んだことはない。賑やかだがその頃に比べるとかなり寂れて映る。

京都といえば歴史文化のイメージがある。ドラマなどで舞台が切り替わると東寺や大文字山、舞妓さんなどがたいてい映される。ただ誰かが京都は古都ではないと書いていた。言うほど歴史はないのだそうだ。正直どうでもいいが、自分もある意味同感だ。自分にとっての京都は慎一の事件がすべて。ホームレスと青テント、黒人霊歌、メロスとディオニス……それが京都だ。

八木沼は慎一の自転車にまたがるとペダルを漕いだ。時計を見ると午後六時半近い。そろそろ行かなくてはいけない。これから全てが終わる。ディオニスと決着をつけに行く。ここからなら菜摘の舞台が始まる前には充分に着けるだろう。

ディオニスの正体がわかった——菜摘にはそう言ったが本当はまだ

確信していない。一週間前と同じく、七、八十パーセントというところだ。絶対ではない。国民の死刑制度支持率と大差なく、刑事訴訟で言う「合理的な疑いを入れない程度の証明」には遠く及ばない。会ってどうするのだろう？　自分でもわからない。それでも八木沼は会いに行く。今日以外に決着の機会などないのだ。奴がくれた機会、その隙をついて真実を明らかにしてみせる。

今、ポケットにはナイフがある。小型だが殺傷能力は充分にある代物だ。いざとなればこれを使うと決めた。人は命が奪われる恐怖の中では真実を言う——長尾の時に経験済みだ。やってみせる自信はある。それでもダメなら……いや、考えないでおこう。

開演まであと少し。京都こども文化会館にはすでに多くの人々がつめかけていた。

　大量の自転車が停まっているのが見える。この会場は五百人以上入ると聞いたが、それくらいいるのではなかろうか。ただ表にいる客層はよれよれの服を着た中年以上の男性が多い。大部分がホームレスだ。これは想定通り。何故なら自分が知り合いのホームレスに頼んで観に行くように言ってもらったからだ。ただでというのではなく、逆に報酬すら渡してある。これだけ同じような格好の人間がいれば、自分がいても目立たないはずだ。葉っぱを隠すなら森の中――小学生の頃、慎一が基本中の基本だと言っていたことを使った。

　八木沼はスキー帽を深くかぶる。猫背で歩き、チケットを係の青年に渡す。前の人に続いて大ホールに入った。客席にはやはり多くの観客がつめかけていた。立錐の余地もないと言うほどではないが、満席に近い状態になっている。八木沼は座る気などなかった。最上段まで上がるとそこから客席を注視する。いるのか、奴が——そう思いながら見つめた。満席と言っても五百人程度なら見つけられるはずだ。

客席には見知った人の姿が多くあった。菜摘が来てくれと頼んだのだろう。被害者遺族である彼女には伝える義務があると思った。ただディオニスが来るということを菜摘に話したのは失敗だったかもしれない。これはディオニスと自分……二人の戦いだ。

「長らくお待たせいたしました。それではまもなく開演です……」

アナウンスが入ったとき、八木沼は母子コーナーの近くにいる一人の人物を凝視した。ディオニスと思ったが違う。別人だ。八木沼は大きく息を吸い込むと、腹筋を使いながらそれを少しずつ吐き出した。

やがて幕が開く。拍手が起こっていた。皆が舞台に注目する中、八木沼は客席を目で追った。ホームレス風の人物が多く、ディオニスの姿はない。ディオニスがホームレスの格好をしてきたのならわからないだろうが、まさかそれはないだろう。

——どこだ……どこにいる？

必死で探したがわからない。見づらいので場所を移動した。姿勢を低くして邪魔にならないようゆっくりと歩く。もう一度客席に視線を移した。母子コーナーから最上段まで一通り目で追ったはずだが、見つけられなかった。

舞台の上ではディオニスが笑っていた。

それは哄笑という類のものであろう。逃がした小鳥が帰ってくるものかと笑っている。体全体を楽器にしたようなバスだ。その青年が演じるディオニスはどこまでも狡知にすぐれ、更生の可能性を見出せぬほど悪かった。この時点で暴君ディオニスは少なくとも十二人を殺している。どれだけ善意で解釈しても誤想過剰防衛だ。違法性は阻却しない。心神喪失、心身耗弱も認めがたい。最後に改心したからといって赦されるものではない。

よく見るとディオニス役の青年の脇、警備兵の役で持田が出演していた。いつもなら笑ってしまうところだろうが、とても笑う気は起きない。

「メロスよ、願いは聞き入れた。三日後の日没までに帰ってくるがよい。遅れれば、セリヌンティウスであったか、その友人とやらを必ず殺すぞ。わかったな」

「ありがとうございます。必ず帰ってまいります」

「少しだけ遅れてくるがいい」

「何ですと？」

「わかっておるのじゃ、お前の思いは。逃げるための方便であろう。だがそれでよい。わしはお前ごときの命に興味はない。興味があるのはお前のような正義に酔うた男が堕ちていく様じゃ。打ち立てた友情と信頼という美しい砂の楼閣が、寄せるさざなみの一つで無慈悲にも壊されていく様にひかれるのじゃ。お前とて一生わしの追っ手から逃げるのはつらかろう。遅れてくればその罪は赦してやる。嘘ではない。

それこそわしの愉悦であるからじゃ」

「ディオニスよ、あなたは勘違いしている！」

「かもしれぬ。だがお前はやがて震える。わしはお前が約束を守って帰ってきたからといって決して赦さぬ。お前はその日こう思うだろう。友を裏切り生きることは死ぬよりつらいと。だが本当にそうか？　今は一時的な正義への酔いがお前を包んでおるだけではないのか。あるいは帰って来ることでわしが改心するという姑息な計算があるのやもしれぬな。だがそんなものは妄想じゃ。帰ってきてもわしは殺す。約束にしたがってな。それを覚えておくといい！」

音楽が流れ、無言でにらみ合う二人を残して舞台は暗くなった。ディオニスの低い笑い声が不気味に場内に響いている。あまりの不気味さに泣き出してしまう小さな子供もいた。これはやりすぎで計算外だっただろう。

八木沼は舞台から目を移した。もう一度客席を探すが見つけられない。ダメだ、どこにもいない……だがその時思った。よく考えてみるとディオニスはここに来るとは言ったが、客席などとは言っていない。これだけ探してもいない以上、ここ以外にいるのではないか？　八木沼は一度大ホールを出て辺りを見渡した。入口で受付係をしている青年とホームレスがいるくらいで、外には誰もいなかった。

八木沼は大ホール楽屋二階へと続く階段を上がっていく。二階の通路には誰もいない。左手にはトイレがあり、その横に浴室、奥に大きな楽屋がある。右手には楽屋事務室や宿直室がある。八木沼は右手に向かい、楽屋事務室に入る。誰もおらず、大きく息を吸い込んで止める。しばらくして鼻から抜いた。どうしてディオニスはいない？　遅れて来るつもりなのだろうか。楽屋事務室から出て少し歩いたその時、背後から声がかかった。

「八木沼さん……ですね」

はっとして八木沼は振り返る。何も言わずにその人物を見つめる。そこには肌の浅黒い小柄な老人が立っていた。クリスマスイヴの日に教会で会った佐々木牧師だ。八木沼が一人になるのを見計らって跡をつけてきたようだ。

「少しだけ、よろしいでしょうか」

佐々木は楽屋事務室を指差した。こちらに来いということらしい。

八木沼はためらった。いや驚いていた。こいつがディオニス？　自分が思った人物とは違っている。ディオニスは劇に行くと言っただけで、自分に話しかけてくるなどとは一言も言っていない。ここにいたのにと後で笑う気なのだと思っていた。だがこいつがディオニスと決まったわけではない。

楽屋事務室は狭い。机と椅子が二つあるだけでほとんど何もなかった。佐々木は楽屋事務室の扉を閉めると、椅子に腰掛ける。八木沼にも座るように言った。八木沼はしぶしぶという感じで椅子に腰掛けた。心臓の鼓動が高まっていくのを感じる。こいつなのか？　こいつが慎一を殺したというのか？　佐々木は手を組んでから切り出した。

「沢井さんに聞きました。あなたが今日来られると」

八木沼は何も言わない。佐々木は言葉を続けた。

「ディオニスも来るそうですね？　彼女からは言わないでくれと口止めされていましたが、どうしてもあなたにお話ししたいことがありまして」

問いに八木沼ははっとした。この感じ……違う。佐々木は自分がディオニスだなどと言い出す様子はないようだ。八木沼は静かに息を吐き出すと、ようやく声を発した。

「さっき客席を見ました。でもそれらしき人物はいませんでした」

そうですかと佐々木は応じてから、続けて言った。

「八木沼さん、私はあなたに……今日は懺悔のために来たのです」

「懺悔？　どういう意味ですか」

問いかけに佐々木はすぐに応じない。いつもは懺悔を聞く方の牧師が、逆に一般人にすぎない自分に懺悔……よくわからない。ただ彼とはクリスマスイヴの日、一度会っただけだ。接点はそこしかない。そして話があるとすれば慎一の事件に違いない。

佐々木はうなだれた様子で下を向くと、静かな声で言った。

「今日、私は牧師の義務に背きます」

そこで佐々木は一度間をあけた。続けて言う。

「八木沼さん、あなたにだけはどうしても聞いていただきたい。ここ数年、鉄蔵さんは苦しんでおられました。慎一さんが無実であることをあの人は知っていたからです。ですが言えなかった。自首できなかった。私のところに懺悔に来られたこともあります。つまり私も慎一さんが無罪であると知りつつ、黙っていたことになります」

牧師には守秘義務がある。それは仕方ないのだろう。佐々木が拘置所にいた僧侶(そうりょ)を教会に引っ張ってきたのは贖罪(しょくざい)の一種かもしれない。

だが八木沼は仕方ないです——そう言う気にはなれなかった。どんなことがあろうと慎一が死ぬことを肯定する義務などクソくらえだと思うからだ。慎一がからむ時、自分は法律家ではなくなる。とはいえこの牧師を責める気はない。

「どうして鉄蔵さんがホームレスをしていたかわかりますか?」

「さあ……わかりません」

「事件後、鉄蔵さんは荒神橋のたもとに凶器を隠したからです。当時鉄蔵さんは家族と暮らしていました。ですから自宅には隠せない。

それであそこに隠して見守っていたのです。マンションに住むようになって場所を変えたそうですが……」

そういう事情があったのかと八木沼は思った。

「鉄蔵さんから罪の告白を聞き、私はどうすべきとも答えられなかった。真実を告げた方がいい――そう思いつつ私は強く言えなかったんです。ただ言い訳になりますが鉄蔵さんは自首の方向に傾いていたと思います。自首する決心はついたと言っていました。ですが去年の四月頃、また揺れ始めました。例の慎一さんの手記が出た頃です」

八木沼は不審に思った。佐々木の言うことが正しければ、あの手記が鉄蔵の自首を止めさせたことになる。だがあの中におかしな記述はなかった。慎一は無実であることを文字通り命がけで主張していた。

あれを読めば鉄蔵の呵責(かしゃく)はむしろ強くなるはずだろうに。

「そして慎一さんの死刑執行後、鉄蔵さんは呵責に耐えかねて死を選びました。自殺はいけない……そう常々言っていたのにです」

鉄蔵の死は自殺——それは考えられることではあった。ただディオニスからの電話のタイミングは奴が突き落としたことを感じさせるものだ。八木沼は問いを発した。

「死因は特定されていませんよ。鉄蔵はディオニスに殺されたのかもしれない。佐々木さん、どうして鉄蔵は自殺だと思われるんですか」

その問いに、佐々木は息を吐き出してから答えた。

「鉄蔵さんは言っておられました。自殺はいけない——そう言うのは簡単だった。だがそれはここまでの呵責を覚えたことがなかったからだと。死刑はいけない――これも同じことだ。どれだけ被害者が苦しんでいるかわからずに言う論理など空論だとも。それにディオニスは……」

その時だった。八木沼の携帯が震えた。

すみませんと言うと八木沼は慌てて携帯を取り出す。表示はこれまで二度かかってきたのと同じ番号――ディオニスだ。八木沼は佐々木に礼をして楽屋事務室の外に出る。すぐに通話ボタンを押す。かなり間があってから、いつもの合成音が聞こえてきた。

「どうしました？　私を見つけられましたか」

うすら笑いを浮かべているような口調だ。

「ちゃんといますよ……その証拠に私はあなたを発見している。八木沼さん、あなたはスキー帽によれよれのセーターを着て私を探し回っていましたね。ホームレスを集めたのは自分を目立たなくするためですか……無駄な努力、ごくろうさんです」

バカにした声に一気に血が頭に上った。八木沼は叫びたい思いを抑えつつ、冷静に考えた。やはりこいつはここにいる。そうでなければ今日の自分の身なりや行動をここまで正確に言い当てることは不可能だ。佐々木に構っていたせいで余計な時間を費やしてしまった。

「その程度なら適当に言えば当たる。何色のどんなセーターだ？」

「茶色のタートルでしょ？　暗いから見えづらかったですが」

それは当りだった。だが自分はここに奴がいることを疑っているわけではない。八木沼は鬼の形相で会館の中を歩き回った。ここは通話を長びかせて時間を稼ぐ。通話をしている奴がディオニスの可能性が高いからだ。どこだ、どこにいるディオニス――八木沼はそんな思いをこらえながらどうでもいい話を続ける。トイレの可能性が高い――そう思って開けたが誰もいない。

「ははは！　歩き回って私を探しているようですね。通話中の人間を探すために。ですが無駄なことです。もう私は外に出ていますよ」

八木沼は窓から会館の外を見た。光が見える。懐中電灯の光だ。まるで存在を示すように点灯と消灯を繰り返している。ディオニスだろう。ちくしょう！　そこか――八木沼は叫んだ。だがその瞬間に光は消えた。暗闇に戻っている。

「逃げるのか、まだ劇は始まったばかりだ！」

叫びながら八木沼は会館入口へ向けて走った。受付係の青年が驚いた表情をしていたが構わない。もうここに用はない。ディオニスは外にいる。外に出ると、光の点滅していた場所へ急ぐ。だがすでにディオニスはいない。見知った顔のホームレスがタバコを吸っているだけだ。携帯からはしばらく声がしなかったが通話は切れていない。八木沼のどうしたという問いかけにようやくディオニスは口を開いた。どういうわけか息を切らしている。

「……五十分あげましょう」

意味がわからなかった。何だこの限定された時間は……通話口からはいまだにディオニスの荒い息づかいが聞こえてくる。走っているようだ。

「どういう意味だ？　五十分に何の意味がある！」

ディオニスはしばらく無言だった。荒い息を整えてから答えた。

「事件後、逮捕される前に慎一君が逃げていた時間ですよ。一時間足らずで彼は逮捕された。五十分で私を探してください。八木沼さん、私が捕まえられますか？」

何だそれは――ここまで来て自分をもてあそぶつもりか。

「私が今向かっているのは意味のない場所ではありません。この事件の最後を飾るにふさわしい場所です。タクシーでそこに行ってくれといえば連れて行ってくれますよ。隠れているわけではありません。確信できれば見つけられる。私が誰で、どうしようとしているかが推理できればわかる。わからなければこれで一生あなたとはお別れです。真実は永遠に闇の中、本当の雪冤は不可能になります」

ディオニスの息は徐々に落ち着いてきていた。八木沼は黙ってそれを聞いている。

「八木沼さん……私が何処にいるかわかりますか」

問いかけに八木沼は無言だ。

「それじゃあ今から五十分です。午後八時十五分で終了になりますね。それじゃあ」

切るなと叫んだ。だがすでに通話は切れていた。

3

八木沼はしばらく呆然（ぼうぜん）としていた。五十分で奴を見つけ出す……不可能だ。

奴の息づかいからして自転車か走って逃げたようだが、五十分で行ける範囲はいくらでもある。ただしヒントはあった。この事件の最後を飾るにふさわしい場所――どこだ？　奴の性格からしてこの約束に嘘はない。奴はここへも約束どおりやって来た。自分を怒らせて遊びたいのだ。子供じみているが、それだけに奴が言ったことは本当と考えるべきだ。

候補はいくつかある。一つは荒神橋……鉄蔵が死んだところだ。佐々木が言うにはそこに長い間証拠品が埋まっていた。もう一つは事件現場となった沢井菜摘の家、すべての始まりとなった中書島、さらにはエンゼル21も候補だろう……だがいずれも決め手にかける。どこだ？　八木沼はわからないままに自転車に乗った。ディオニスが誰でどうしようとしているか――やはりこの根本を解かなければダメだ。

八木沼はペダルを漕ぎ、自転車を発進させた。三番目の候補、中書島はない。五十分では車を使わなければ行けないからだ。またエンゼル21も候補として弱い。メロスたる鉄蔵と自分にとっては因縁の場所だが、ディオニスとは関係がない。残る二つはいずれも同一方向だ。とりあえずは鴨川方面に向かうべきだろう。

それにディオニスが奴なら、もう一つ候補がある。それも同じ方向だ。いやむしろここが本命なのかもしれない。八木沼は北野商店街から千本通に出ると、人通りの少ない細い道を通って東へと向かった。

五十分もあれば残った候補をすべて回れるだろうが余裕などない。今は一分一秒が貴重だ。堀川通の赤信号にいらつきながら渡り終えるとすぐに左へと折れた。一方通行の道が菜摘の家へと続いている。

多分ここはない――そう思いつつ探す。ここで沢井恵美と長尾靖之は刺殺されていた。長尾は背後からの一撃のみ。逆に恵美は十数回。この差は何だったのだろう？　ここで一体何があったのだろう？

しばらく探したがやはりディオニスの姿は見えない。沢井宅は決して大きな家ではない。ディオニスは隠れているわけではないと言った以上、ここではないだろう。八木沼は今出川通に戻ると左に曲がる。

鴨川に向かった。

御所の前を通り抜けて自転車は走る。やがて賀茂大橋が見えてきた。

ここは事件前、慎一が『Soon-ah will be done』を歌っていた場所だ。自分のすべてはここから始まっている。

――ここだ、おそらく本命は。

そう思いつつ、八木沼は近くを探す。まだ通行人がそれなりにいるが、ディオニスは隠れてなどいないと言っていた。すぐに見つかるはずだ。だが誰もいない。橋を渡って出町柳駅の方へ向かうが、どこにもいる気配はない。

八木沼は外灯を見上げる。服の上からは感じなかったが、光に照らされて霧雨が降ってきているのがわかった。時計を見る。余裕があると思ったがすでに八時近くになっている。どういうことだ？　自分の推理は間違っていたのか――そう思うがわからない。荒神橋には自転車ならすぐに行けるが、自分にはこちらが本命に思える。もっとこちらを探すべきなのだろうか。

歌声に気づいて八木沼は橋の下を見た。学生たちが何かを歌っている。『Soon-ah will be done』ではない。ただ単に酔っ払って歌っているだけだ。あおぞら合唱団――あの日、慎一はここで歌っていた。これから起こる悲劇を予測など出来なかっただろう。自分たちが殺してしまったホームレス、その弟が近くにいて凶刃を研いでいるなど想像もできまい。さらにそれを利用して殺人を犯そうとする人間の存在など考えもしなかったはずだ。

――I wan't t'meet my father!

不意にそのフレーズが浮かんだ。その時心臓が一度大きく鳴った気がした。

慎一はなぜ自分に会わなかったのだろう？　その疑問はクリスマスイヴ以来、解かれずに放置されてきた。そういえば佐々木牧師がさっき言っていた。慎一が手記を発表してから鉄蔵は自首をためらったと。何故だ？　さっきも不審に思ったがやはりおかしい。あの手記は自首をためらわすものなどではない。むしろ促進するものだろうに……。

——慎一は……まさか！

八木沼の頭の中、高速で埋められていくパズルのピースは思いもしなかった絵を描いていく。そうか、だからあの遺体は……するとディオニスの行動の意味は……。確認のために四条法律事務所に電話をかけてみた。少し手間取ったが予想通りの答えが返ってきた。八木沼は夜空に向けて叫んだ。通行人が振り返っている。

今、すべてがわかった。奴がいる場所はここじゃない。荒神橋でもない。だが特定はできない。いや、おそらくあそこだ。さっき奴は微妙に言い方を変えた。最初、「私が向かっている場所」と言って次に「私が何処にいるか」と言い換えた。着いたのだ。あの短時間で目的の場所に着いたのだ。つまりそこは京都こども文化会館からすぐ近く。奴はきっとあれから動いていない。それなら向かう場所はあそこだけだ。間に合うか――八木沼は時計を見る。微妙なライン。だがもう考える余裕はない。すぐにサドルにまたがると、必死で漕いだ。赤信号を無視し、クラクションを鳴らされながら約束の場所を目指した。間に合え！　間に合ってくれなければ困る！

そう思ったときに『Ride The Chariot』が聞こえた。携帯が鳴っている。

表示を見ると菜摘からになっている。まだ劇が終わる時間には少し早い。おそらくは自分が大騒ぎして出て行ったと誰かに聞いたのだろう。心配してかけてきたのだ。八木沼は通話ボタンを押さずにしばらく鳴らしていた。だが切れない。菜摘の強い意志を感じる。堀川の信号で止められた時、八木沼は観念したように通話ボタンを押した。

案の定、菜摘は興奮していた。八木沼は思った。この子は事件の被害者遺族だ。姉を殺されただけでなく、初恋の相手も殺された。これは自分の雪冤だが、彼女にも訊く権利はあるだろう。八木沼は奴がさっき言っていた言葉を伝える。菜摘は驚いていた。

「それじゃあ今からディオニスに会ういうんですか」

菜摘の問いに八木沼はああと答える。

「やっと奴の正体がわかった。決着をつけなくちゃいけない」

「待ってください八木沼さん！　きっとあなたは間違ってはる！」

自分が間違っている？　そうじゃない。私には今、全てが見えたところだ。

「聞いてください、八木沼さん。自分には全てが解けました。逆にあなたはディオニスにそう思い込まされているんです。あなたがディオニスだと思うてはる人はそうやありません。八木沼さんはわかってへんのです！」

わかっていないのは君の方だ――そう思った時、信号は青になった。

八木沼はペダルを漕ぎ出す。悪いがこれ以上時間はロスできない。

「……もう切るよ、忠告ありがとう」

「待ってください！　八木沼さん、切らな……」

八木沼はすまないとつぶやく。通話を切った。

堀川通を渡ると歩道に人のいる今出川を避け、細い道を走った。京都こども文化会館に近づいている。千本通を強引に横断して北野商店街を抜ける。文化会館脇の狭い道を抜けた。まだ劇は終わっていないが、ホームレスが数名、帰って行く。こちらを見て声をかけてきた。八木沼は応えない。間に合うか――だがもう時計を見る意味などない。行くしかないのだ。

再び携帯が鳴っていた。またしつこく切れない。だが表示は菜摘ではなくディオニスからのものになっている。八木沼はすぐに出た。

「あと三分を切りました……大丈夫ですか、八木沼さん」

八木沼は荒い息であああと言った。病院のスロープ近くで立ち止まり、北野天満宮へ続く斜めに伸びた道を眺めた。今出川通には若者が数名いて、楽しげに話している。前の道に車の通りはほとんどない。一条通の方向にも人影はまばらだ。日曜日は休みの店が多いからだろう。

「大丈夫だ、もうすぐ近くにいる」

時計を見ると八時十二分になっている。だがもう一分もかからない。間に合った。恐ろしい速さでここまで来たものだ。息が上がっている。心臓が破裂しそうだ。

「待っていましたよ」

携帯からその声が聞こえた時、暗闇に光るものがあった。懐中電灯の光だ。誰かが立っている。八木沼は驚くこともなく前を見た。奴はもうそこにいる。

「もうお互いの顔が見えるくらいの距離になりました。八木沼さん、自転車を降りてこちらへ来てください。携帯で話すのはやめませんか」

「ああ、そうだな」

言われたとおり、八木沼は自転車を降りる。携帯をしまうと、横断歩道のない病院前を横切る。教会の小さな屋根が見えた。光はまだそこにある。奴は動いてはいない。八木沼は前を見た。一人の人物がすぐ目の前にいる。

粘着質な空気が肌に絡みつき、汗となって排出されていく。八木沼は額の汗を拭うと、ポケットの中にあるナイフを握り締めた。長かった。だが慎一、もうすぐ終わるよ……八木沼は静かにつぶやいた。今からこの十六年の全てが終わる。自分は死んでも慎一の冤罪を雪ぐ。

八木沼はゆっくりと歩いて近づいていく。その人物は袖をまくり上げて筋肉質な二の腕をのぞかせている。右手に懐中電灯、左手には手提げ袋を持っていた。無言で八木沼を見ている。八木沼は歩みを止めた。静かに口を開く。あんたがディオニスだったのか――そう言った。その人物は無言でこちらを見た。八木沼もその瞳を見つめる。

そこにいたのは石和洋次だった。

出会ってから、二人はしばらく無言だった。八木沼はじっと石和の顔を見つめている。どういうわけか心は落ち着いていた。目が据わった状態というのだろうか。八木沼の視線に耐えられなくなったのか、先に石和の方が目を逸らした。

石和はわざとらしく軽い調子で言った。

「よくここがわかりましたね……私はとても無理だと思っていた」

八木沼は何も言わない。石和は続けて言った。

「私はあえて五十分という長い時間を区切り、ほんの一、二分で行ける場所にいるという意地の悪いことをしました。でもあなたは乗り越えた。素直に敬服します。八木沼さん、これがあなたの雪冤への執念というわけですか」

いつものように石和の顔には笑みがあった。その作り笑いを見つめながら、八木沼はじっと黙っている。ポケットの中でナイフを握り締めたまま。石和は何か言ってくださいと言った。だが八木沼は相変わらず無言だ。一度石和の手提げ袋に視線を移し、やっと言葉を発した。

「どうしてこんなことをしたんだ？」

必死に抑えた問いだ。だが唇が少し震えた。

八木沼の問いかけに石和は軽く息を吐く。

「運動は大切ですよ、私なんか……」

「ふざけるな！　そんなことを言っているんじゃない！」

八木沼は大声で叫んだ。抑えはすでに利かなくなっている。

「慎一の事件のことを言っている。何がディオニスだ！」

その声に石和は一度背後を見た。ここは西陣警察署。正確には現在、上京警察署と名称を変えている。京都こども文化会館のすぐ近くだ。

「ここでは少しまずいですね……あちらへ行きましょう」

石和は親指で背後を指差した。無防備に背中を晒して歩き始めている。八木沼は後を追う。まるで自分に刺殺してくれとでも言っているかのようだ。二人は西陣警察署裏手に回った。誰もいない通路が長く伸びている。通路沿いの店は全て閉まっていた。

石和は足を止めると、こちらを向くこともなく静かに言った。

「事件を起こした理由は以前、説明しました。ただ憎かったんですよ……」

八木沼は何も言わない。石和の背をじっと見つめている。

「十六年前、私はホームレス同然の状態でした。大学中退後は肉体労働くらいしか道はなく、働き先でもストレスを溜めていました。こんなはずじゃない、ここは俺がいるべき場所じゃない……そういう思いだけが増幅していったんです。司法試験はそんな私に垂れた一本の蜘蛛の糸でした。でも何度受けても受かれません。よく言われますが、あれは麻薬ですね。あっという間に青春を費やしていましたよ。やっさん……いえ秋山鉄蔵とはそんなときに知り合いました。彼は酔ったときに兄である梅さんの話を私にした。置き石で少年たちに殺されたと。そしてその少年たちが誰であるかを突き止めたとまで。あの頃、私には何もなかった。択一試験に落ちたと思い込んで打ちひしがれていたんです……」

　そこで石和は一度口を閉ざす。だがすぐに続けて言った。

「逆に慎一君は全て持っていました。若さも学歴も、綺麗な恋人もプロ顔負けのテノールも……ただまだその時、殺意は生じていません。嫉妬心の段階で留まっていました。私の中に殺意が生じたのは、彼が在学中初挑戦で司法試験に受かった——そうやっさんから聞いたときです。慎一君は本当は芸大に進みたかったらしいですね。何だこの差は……その時私の中で何かが切れました。抗しがたいマグマとなって体中を駆け巡っていました」

そこで石和は手提げ袋をこちらに向けた。そこから何かを取り出す。中からは厳重に封のされた透明な袋が出てきた。八木沼はその物体を凝視する。袋の中には鈍く光る赤黒い何かがあった。血の付着した果物ナイフ——八木沼は目を大きく開けた。

「それは……本物なのか」

石和はもちろんと答えた。

「やっさんが事件後隠していた沢井恵美さんの家にあったものです。私がエンゼル21の101号室から回収しました。この果物ナイフに付いた血を分析すれば、恵美さん、長尾靖之さんのものであるとわかります。動かぬ証拠です」

そう答えると、石和は本題に戻りましょうと言った。

「私はあの日、あおぞら合唱団が歌を歌い終えた頃、恵美さんたちの跡をつけました。後でやっさんに聞いたんです。以前話していた梅さんを置き石で殺した少年たちが彼らであることを。彼らは恵美さんの家に集まっていた。私はやっさんに言いました。梅蔵さんの仇討(あだう)ちをするなら加勢すると……あいつらは何も反省していない——そうあおり立てると、酒の勢いもあってやっさんは承諾しました。ただ彼はいざとなっておじけづいたんです。だが私はそうではなかった。マグマのような攻撃欲求に支配され、彼らを刺し殺した。長尾などどうでもよかった。問題なのは八木沼慎一、どうやって奴を苦しめるか……」

「ふざけるんじゃない！」

八木沼は叫んだ。ポケットから手を抜く。石和は目を見開いた。その視線は八木沼の右手にある。街灯の光を受け、八木沼のナイフが鈍く光った。

4

劇を途中で抜け出し、菜摘は教会に走っていた。

京都こども文化会館からすぐ近くだ。さっき近くのホームレスに聞いた。八木沼はこちらの方へ向かったと。きっと八木沼は石和が犯人だと思っている。そして雪冤ではなく、復讐(ふくしゅう)を遂げようとしている。

だが違う。真犯人は石和ではない。八木沼は間違っている。

さっき佐々木牧師が話してくれたのだ。佐々木は鉄蔵から真犯人のことは聞かされていなかったが、別の重要なことを知っていた。それは鉄蔵の死後、ディオニスを名乗る人物が懺悔(ざんげ)に来ていたことだ。その人物は石和洋次――ただ石和は自分が真犯人だと告げたのではなかった。私はディオニスを名乗り、すべての罪をかぶります。真実を捻じ曲げることが私の罪です――そう言っていたらしい。八木沼は佐々木の話の途中で飛び出していった。最後まで聞いていないのだ。菜摘は心の中でつぶやく。八木沼さん、あなたは間違っています。石和さんはディオニスなんかじゃない。ディオニスのふりをしているだけです……。

教会は閉まっていた。どこにも八木沼の姿はない。ここではないのか――そう思いながら教会の屋根を見上げる。ここで自分は以前歌った。八木沼の胸で泣いた。だが慎一さんが最後に歌ったのは違っていた。I wan't meet my father ――思えばこの最後の叫びが、全てを表していた。どうして慎一さんは父である八木沼に会わなかったのだろう？　そんなにも会いたがっていたのに命を捨ててまでこんなことをしたのだろう？

――おそらく、決意が揺らぐからですよ。

佐々木は言っていた。彼の話では慎一さんの手記……あれは鉄蔵に慎一さんが送ったメッセージだったらしい。二人だけに通じる意味があったようだが、出頭するなという意味だったらしい。詳しくは鉄蔵も言わなかったそうだ。ただ慎一さんと鉄蔵はつながっていた。言い換えるなら慎一さんが真犯人をかばって死んだということだ。

自分が死刑になろうとも真犯人をかばう――普通そこまで人はしない。こんな仮定は成り立たない。だが慎一さんが真犯人をかばったという前提で考えると後は楽だった。鉄蔵の死後に現れたディオニスは悪ではなく、むしろ鉄蔵や慎一さんの思いを継ぐ者だ。自分がどんな目にあおうとも真実は守り通すという信念のかたまり——そんな人間は石和くらいしかいない。今日、石和は途中まで楽屋控え室にいたが、途中で消えている。八木沼が消えたのと同時刻に。

菜摘は思う。ディオニスなどという人物は最初から存在しないのだ。ディオニスという言葉は鉄蔵が菜摘にふと漏らしただけで、彼の葛藤(かっとう)を意味していた。悪い心の意味だ。つまり鉄蔵が単独でお姉ちゃんたちを殺した。慎一さんはそれを知っていたのに過去の事件のことがあって言えなかった。言ってしまえば自分の代わりに鉄蔵が死刑になるからだ。

もともと自分たちのせいでそうなったのに、そんなことは慎一さん

には耐えられなかった。鉄蔵は迷った。慎一さんは無実だと知ってい
たから。そして慎一さんが死んで鉄蔵は鴨川に身を投げて自殺した。
これがこの十六年間にあったすべて――こう考えるとすっきりする。
佐々木に告白した通り、石和はディオニスという真犯人のふりをして
いるだけなのだ。真犯人は死んでいる。自殺している。石和は八木沼
の苦しみを一身で受け止めるつもりで悪になった。慎一さんと同じよ
うに。いけない……このままでは悲劇が繰り返されてしまう。
――やっぱりここやない！
教会の庭にも八木沼や石和の姿はない。菜摘は携帯を取り出して八
木沼に電話する。さっきは途中で切られた。だがもう一度かけた。一
回、二回……コール音はするが出ない。やはり駄目なのか？　いや、

聞こえる。耳を澄ますとこのすぐ近くで『Ride The Chariot』が鳴っている。

菜摘は教会の外に出ると、『Ride The Chariot』の音がする方へ駆けた。そして西陣警察署の裏手に二人の男が立っているのに気づいた。八木沼と石和だ。二人は睨み合っていた。八木沼はナイフを手に持っている。菜摘ははっとして声をかけたが、二人は一度こちらを見ただけだ。菜摘に構わず話し始める。石和が言った。

「八木沼慎一がどうやったら一番苦しむか……それだけを私は考えていた。恋人の恵美を奪い、奴に罪を着せる――それがベストだと思った。だから私は……」

「そういう意味じゃない！」

八木沼の叫びに、石和は黙った。不審気な表情で八木沼を見ている。

八木沼は一度、辺りを見た。音量を大きく落としてから続けて言う。

「私がふざけるなと言ったのはそういう意味じゃない。石和さん、あんたが何故ディオニスのふりをしたのかと言っているんだ」

八木沼の言葉に石和はふり……と言って言い淀んだ。菜摘は驚いた。

八木沼は気づいている。石和がディオニスではないと知っている。

「石和さん……あんたはディオニスじゃない。ディオニスのふりをしていただけだ。何故なら真犯人であるディオニスは、もうすでに自殺しているのだから」

石和は無言で八木沼を見た。その表情には驚きがあった。何も言えない。取り繕おうとしてもできない――図星をさされた男の顔がそこにある。菜摘は思う。そうだ……ディオニスなど存在しない。いるとすれば自殺した鉄蔵のみ。彼の心の中にだけ存在する。

「こんなことをした理由は、私を怒らせたいためだろ？」

そう言うと、八木沼は石和に向けていたナイフをしまった。

「私を怒らせて、この慎一を奪われた怒り苦しみを自分にぶつけさせる。場合によっては殺されても良いとすら思った。そのためにディオニスを演じた。違うか？」

石和は答えない。だがそれはイエスと言っているのと変わらない。

「ここ西陣警察署を指定したのは、これから自分が殺人犯ですと自首するため……そういうことだろ、石和さん。私がここを見つけようが見つけまいが本当はどうでもよかった。自分が真犯人だと名乗り出て慎一の冤罪を晴らす――これがあなたの考えた雪冤だ」

石和はうなだれていた。八木沼さん……もう一度その名をつぶやいた。

「そのとおりです。もうすぐ私は終わりだ。殺人弁護士として日本の犯罪史にその名を刻むことでしょう。死刑執行後に真犯人が自首してきたわけですから」

「だがその計画は終わりだ。私はあんたが真犯人でないと知っている」

八木沼がそう言うと、石和はかぶりを振った。

「……いけないんですよ」

小声だったので最後しか聞き取れない。菜摘はもう一度言うように促した。石和はそれに応えてつぶやくように言った。

「私がディオニス……私が真犯人でないといけないんです」

八木沼はじっと石和を見つめていた。菜摘も同じように見る。石和はディオニスを騙った。だが悪人じゃない。それどころか誰よりも高潔で、誰よりも責任感の強い誠実すぎる男だ。きっと石和は鉄蔵が自殺する直前、鉄蔵に全てを聞かされていたのだ。だからすぐに鉄蔵の死に気づけた。そしてとっさの機転でディオニスを演じた。八木沼の怒りをその身に受け止めるつもりでディオニスを演じ続けた。そして今、自首まで本気でしようとしている。真犯人になる気でいる。だがそんなことは認めない。鉄蔵は自殺してすでにこの世にいないのだから。

八木沼はうなだれる石和に、声をかけた。

「酒に酔い、歌に酔い、女に酔う……だが一番酔えるものは正義だ」

はっとした顔を石和は八木沼に向けた。

「鴨川で聞きました。鉄蔵さん……いえ正確には梅蔵さんの口癖らしいですね。あなたは今、自分の正義に酔っている。自分が真犯人だと名乗り出て慎一の冤罪を晴らす――そんな正義にです。おそらくあなたはこう考えている。自殺した真犯人を挙げるより、自らが真犯人だと名乗り出た方が有効だと。物証はあっても自殺した真犯人より、物証プラス生きている人間が自白している方がより雪冤に近いと思っているんです。確かにそうかもしれない。あなたが主張すれば多くの人が聞く耳を持つ。だがダメだ。自分が罪をかぶるなど」

八木沼さん……絞りだすように石和は言った。

「私が名乗り出れば、死刑を廃止できますよ」

死刑廃止――思わぬ言葉に菜摘は口ごもる。石和は続けて言った。

「私が正義に酔うとしたら死刑廃止です。私はどうしてもこの国からこんな殺人をなくしたいと思っています。人を殺すことは悪だ。それは間違いない。だがだからといってその人を殺すことが悪でないなどどうしても納得できない。嫌なもの、醜いものは切り捨てて行く……そんなものはただの潔癖症だ。恵まれた者の思考だ。しかもみんなそれを自分で引き受けない。私はこのことにどうしようもない吐き気を覚えています」

そこで石和は言葉を切る。だがすぐに言った。

「もしどうしてもその悪人の死が必要ならみんなが痛みを分かち合うべきなんです。愛するものを殺す思いで殺さなければいけない。こんなふざけた制度で人に死を突きつけてはいけない。変えたい。この偽善で満ちた社会を少しでも。冤罪は死刑制度の根本の議論ではない――あなたは繰り返しそうおっしゃる。私とはそこが違う。私は冤罪は死刑制度論と切れそうでつながっていると思っています。それに現実としてエヴァンス事件以上の冤罪事件があって初めて人は死刑について真剣に考えるんです。誰かが死なないとわからない。結局痛みがわからないままみんな議論しているんです。凶悪犯を死刑にせよというネット署名ならできても、そのボタンが直接死刑囚の乗った板を外すとなるとできない。罪がない者を殺す――よく使われるフレーズです。このフレーズに本質が潜んでいる。罪がある者であれば殺していいという……」

石和はもう一度言葉を切った。だがすぐに続ける。

「こんなんじゃいけない。罪がある罪がないなど関係ない。人が人を殺していいのは殺さないと殺されるような場面に限定しなきゃ駄目なんです。これはあなたの理屈だ。正論です。でもこれでは変えられない。あなたの言われた正論では届かないんだ！　でも私が名乗り出ればきっと届きます。それに慎一君もこんなまま死刑が行われることには反対だった。あの手記で言われていたでしょう？　殺すなら国民一人ひとりの手で殺すべきだと」

菜摘は思う。確かにそう慎一さんは言っていた。だが死刑廃止はこんな人柱的な狂った正義で成し遂げるべきものなのだろうか？　自分にはそう思えない。石和の情熱は本物だろう。だが自分はこんなことを認めることはできない。

「八木沼さん、私は日本という国が好きです。その優しさ、人情は掛け替えのないものだと思っています。でも嫌なところもある。人が人を殺すことについてお上任せにし、罪の意識を持たないことがそう。こんなことは赦せない！　それは怠惰というよりむしろ悪意だ。我々の中に棲むそういった悪意こそが本当の意味でのディオニスですよ！」

「うまいことこじつけるもんやな、石和さん」

菜摘の言葉をすぐに石和は否定する。

「こじつけじゃない！　死刑制度が廃止されるかどうかが問題じゃない。死刑について、人一人の命についてみんなが真剣に考えるようになってくれることが私の目標なんです。ゴミはさっさと排除みたいな思考こそ悪です。悪人一人殺すにも国民全員で痛みを分かち合うようなやさしい血の通った国になって欲しい。この国が世界一の民主主義国家になって欲しい！」

その石和の言葉を最後に、警察署裏手から言葉が消えた。荒くなった息を石和は整えている。八木沼は西陣警察署の方を一度見てから口を開いた。

「ダメだ……あなたの言葉は私には届かない。こんな自首などありえない。死刑廃止はもっと正々堂々、人に死を突きつける意味からちゃんと考えないといけない。それにこれはすり替えだ。何故真犯人を隠そうとする？」

「真犯人が誰であるか隠す――八木沼さん、これは慎一君の遺志なんですよ」

石和はその一言に力を込めた。八木沼を睨みつけるようにじっと見ている。

「彼は死んでも真犯人が誰であるのかしゃべらなかった。八木沼さん、押し屋の仕事を終えたあと、大阪拘置所を訪ねたことがあったでしょう？　あの時あなたは何があっても信じていると伝言を頼まれました。私はそれを慎一君に伝えた。彼は抑えられずに泣き出しましたよ。でも彼は意志を曲げなかった……八木沼さん、この思いをどう受け止めますか！」

その言葉に初めて八木沼は黙った。心が揺れているようだった。しばらく口を閉ざす。菜摘は横から二人の会話に割って入った。

「石和さん、雪冤の方法は他にあるはずやないんですか」

「いいえ、沢井さん、そんなものはありません。本当のディオニスが誰であるか世間に知らせずに、慎一君の無実を晴らす方法はたった一つしかない。私がディオニスになること……」

石和の言葉を菜摘は興奮気味にさえぎった。

「自分がディオニスになる？　石和さん、そんなアホなこと本気で言うとるんですか？　慎一さんもそこまでは望んでない。ディオニスなんていない！　真犯人は自殺した秋山鉄蔵です。慎一さんは子供のころの呵責から、それをどうしても言い出せなかったんです。ディオニスのふりなんてしたらダメや！」

石和は目を見開いていた。何も言わず、八木沼の目をじっと見つめている。二人はしばらく見つめ合っていた。だがやがて屈したかのように石和は視線を外し、うつむいた。

西陣警察署裏手にはしばらく沈黙が流れる。通路には誰もおらず、湿った空気だけが居座り続けている。重苦しい空気を破ったのは菜摘だった。

「さっき佐々木牧師から聞きました。鉄蔵は罪の意識から何度も教会に来ていたって。慎一さんの遺志……確かに慎一さんは鉄蔵が殺人犯であったこと自体を隠したかったのかもしれない。それだけ罪の意識は強かったのかもしれへん……そやけど鉄蔵はもう死んでいます。死刑にはならへんのです。私には検察や司法の判断はよくわかりません。自殺した人間が真犯人では雪冤は厳しいのかもしれへん。そやけど真実から目を背けたらあかんのです！」

石和は無言だった。八木沼と一度目を合わせてから夜空を見上げた。雨上がりの夜は湿度が高かったが、夜空に星はいくつも見えた。石和は息を軽く吐くと、八木沼の方を向く。彼は意を決したように言った。

「よくおわかりになりましたね」

その時、石和は優しそうな顔だった。

どういえばいいのか憑き物が落ちたような顔だ。

再び沈黙が流れ、しばらくしてから八木沼が言った。

「ただ石和さん、あなたが自首をしようとした理由がまだ途中だった。私に言ったのはごく一部でしょう。本当の意味はまだ言っていない。違いますか」

石和はええと言って顔を上げる。八木沼はさらに続けた。

「一番強い思いは贖罪だ。あなたはエンゼル21を調べたと言っていた。私には当時無理だったが、あなたなら鉄蔵に気づけたはずだ。鉄蔵が真犯人であることに気づきながらみすみす慎一の処刑を許してしまった。証拠物件が足りず、再審請求を却下されるのが怖かった――それがあなたの中に罪悪感としてあったんです。だから鉄蔵の死後、あなたは自分がディオニスになり、そのつぐないをするつもりだったんです。悪の仮面を深くかぶって。こんなことが出来るのは、そしてこんな罪悪感にさいなまれるのは、事件を一番把握していたあなただけだ！」

八木沼さん……石和はそう言ったきり、地面にへたり込んだ。そして顔を手でおおった。二人は石和の元へ駆け寄る。石和は大粒の涙を流していた。八木沼は一度菜摘と目を合わせると石和の方を向く。やさしげな口調で話しかける。

「さっき賀茂大橋から四条法律事務所に電話してみました。石和さんは事件後、海外に行っておられたのではなかったのかと。答えはイエスでした。あなたは数年前、海外で研修を受けている。あなたが犯人なら時効はまだ成立してはいないことがわかりました。それを知って思いました。この人は罪をすべて自分のものとしてかぶるつもりだ。時効が成立していないなら警察、検察も無視出来ないと思ったんだってね。でもこんなことをしてはいけない」

石和はうずくまっていた。

すすり泣く声が聞こえ、石和はやがて大声で叫んだ。

「救えなかった。慎一君を私は救えなかった！」

八木沼は石和を抱き起こした。石和はなおも叫んだ。

「これでは慎一君の無念は晴らせない！」

「そんなことはやってみなければわからへんです」

菜摘は言った。石和はすぐに応じた。

「駄目だ、怒り憎しみをぶつける相手がいないと駄目なんだ！」

菜摘は反論しなかった。苦しみをぶつける相手が必要……そうなのだろうか？　石和は死刑廃止派だが、この考えはむしろ死刑肯定派の論理だろう。憎しみを糧にして生きる――その言葉には力もあり、かつて自分もそう思ってきた。泥まみれのパン――この近くの教会で佐々木牧師とやりあったこともある。だが今、自分にはどちらが正しいのかわからなくなった。ただそれでもずっと考えていきたい。

石和の叫びが終わってから、八木沼が遅れて言った。

「石和さん、死刑囚が死んでしまっても再審請求は可能です」

その言葉に、石和は顔を上げた。八木沼は続けて言う。

「慎一のため、頑張ってください。再審請求をあなたにお任せします。どうか真実を明らかにしてください」

それはとても優しい声だった。

「八木沼さん、私は……」

「いつか……本当の雪冤を」

その一言に石和はしばらく黙っていた。だが突如堰(せき)を切ったように泣いた。すいませんという言葉が何度も何度も繰り返された。野獣の咆哮(ほうこう)のような、それでいて悲しい慟哭(どうこく)だった。

その思いが二人にも伝わった。八木沼の目には涙が浮かんでいる。こぼれないように夜空を見上げている。菜摘はじっとその顔を見ながら思う。慎一さん……私はあなたの冤罪(えんざい)をきっと晴らします。どんな結果になろうと後悔はしません。わかっています。あなたが命をかけて守ろうとしたその想いは届いています。痛いほどに。

菜摘も夜空を見上げた。涙で少しぼやけているが星はすでに美しい。あおぞら合唱団——彼らがかつて鴨川で見た空には、こんな星がまたたいていたのだろうか。

終章　歌声

夜のとばりの降りた賀茂大橋のたもとに、古い自転車が停められている。

泥除(どろよ)け部分にSとYのイニシャルが刻まれ、サドルからはスポンジがはみ出している。橋の下では数人の若者がホームレスと気さくに話をしている。一緒に歌いましょうと女子学生の声が聞こえる。赤ら顔の男は少し照れているようだ。シアトルマリナーズの帽子をかぶったホームレスは酔っぱらっている。ホームレスに話しかけている若者たちは法科大学院に通う面々だ。

平成二十一年初夏。石和洋次は賀茂大橋近くにいた。

外灯を見上げる。まぶしくもないのに手をかざした。思えばあれから十六年。あまりにも色々なことがあった。長いようで短いという表現がぴったりくる。法科大学院などというものは当時なかった。当時から存在していたなら私は弁護士になれていないだろう。ホームレスとしてここに住んでいたかもしれない。ただこの心の重荷は背負わずにすんだ。正義のための苦悩――あの時、八木沼慎一の前で言ったことが現実になった。

「こんばんは」

声をかけてきたのは薄緑のワンピースを着た女性だった。思わず石和は息を呑む。透き通るような白い肌に黒髪がよく似合っている。見慣れたはずなのにいつもこの調子だ。彼女は沢井菜摘。その後ろには二人の男がいる。持田と八木沼だ。顔を上げると菜摘が言った。

「指揮は八木沼さんがしはるんですよね」

「そういうことになってしまった。指揮しながら歌わせてもらうよ」

八木沼はそう答える。続けて言った。

「新・あおぞら合唱団の初舞台が、こんな老いぼれの指揮でいいのかい？」

「八木沼さんしかおらへんです」

「おっさんが本気で歌ったらマジですげえよ」

持田が口を挟む。ベルカント職人だからなという言葉に菜摘は笑っていた。

「ミュージシャンのお墨付きってわけや」

話しているうちに辺りが騒がしくなってきた。菜摘の所属する劇団員の面々がやってきた。酔っ払ってもいないのに興奮気味だ。いんちきベルカント最強——などと意味不明な奇声を発し笑いあっている。

彼らは石和たちに挨拶をすると、大学院生やホームレスの所に行って話をしている。初対面なのにすぐに意気投合しているようだった。

石和は三人を前に、再審請求を行う決意を示した。

三人の緩んだ表情が引き締まるのを感じる。

「もし慎一さんが無実だと認められたらどうなるんだよ？」

持田が訊いた。石和は即答する。

「国家賠償法に基づく訴えを起こす」

「じゃあ金の問題になるのかよ」

「別にそんなものはいらない。慎一が無実だとわかればそれでいい。みんなが認めてくれればそれ以上は望まないよ」

その八木沼の答えを聞いて石和は言う。

「死刑廃止の運動とかはされないのですか」

あまりやる気はありません——即答だった。

「そういう団体から一層声がかかるでしょうがね。私もやって欲しい」

「すみません、でもいいんです。廃止派の立場は変えませんが、冤罪が死刑の議論の主役になるのが嫌なもので。死刑制度論はもっと正面から論じるべきだと思います」

「八木沼さんらしいですね」

石和は八木沼の横顔を見つめた。

初めて会ったときより、どういうわけか若返って見えた。

「でもあの台本は結局見つからへんだんですよね？」

菜摘が訊いてきた。思わず石和は口ごもる。やっさん——秋山鉄蔵の遺していった事件の証拠資料はすべて提出する。いや、そうしたい。

「あの台本だけが最後までようわからへんかったんです」

「わからないこともありますよ。やっさんが生きていたら違ったでしょうが」

石和さん……そう言って菜摘は真剣にこちらを見た。

「なんか隠しとることあるんちゃいますか」

吸い込まれるような黒い瞳を石和はただ黙って見ていた。

やがて石和の唇は少し緩んだ。沢井さん……。

その時、声がかかった。菜摘に向かって劇団員が叫んでいる。彼女はそれに応じて駆け出していく。ホームレスたちの待つ所まで走った。持田もなぜかついて行った。

「一子相伝、真のベルカント後継者は俺だ」

持田はわけのわからないことを言っている。石和と八木沼は橋のたもとに二人残された。

小声で話しかけたのは八木沼の方だ。

「彼女には言わなかったんですか」

「それは……悩んでいるんです」

石和はそう答えた。

「だが石和さん、言うなら今しかない」

「わかっています。この合唱が終わったら沢井さんにも言うつもりですよ。その結果どうなろうが、知りえた真実をすべて明らかにしようと思っています」

「悩んだ結果、おそらく私も石和さんと同じ道を選ぶでしょう」

しばらく二人は沈黙する。やがて菜摘が走ってきて八木沼の袖口(そでぐち)を引っ張った。彼女は黒い瞳を輝かせながら言う。

「合唱が始まりますよ、指揮者がおらんかったら歌えへんです」

「もう逃げられないわけか」

八木沼は苦笑する。しぶしぶといった格好で高い背を丸めながら若者とホームレスたちが待つ亀の飛び石の方へ歩いていく。なぜか菜摘は入れ違うように残っていた。

「沢井さんは歌わないんですか」

「聴きたいんです。石和さんは？」

「私は音痴ですから。それに私も聴きたいんです」

「じゃあ、一緒に橋の上の特等席から聴こや！」

菜摘は階段を上がっていった。その気まぐれ天使のような姿を石和も追いかける。辺りは静かで、空気は乾いている。歌うには今日の鴨川はどのコンサートホールよりも優れているかもしれない。欄干に手をかけたとき、八木沼の挨拶が聞こえた。

「新・あおぞら合唱団。その輝かしい初めての合唱がこんな老いぼれの指揮で本当にいいのかとも思いました。でも指揮者は私のような年齢でもバリバリだそうです。ですから皆さん、思いっきり歌ってください」

「おうよ、歌いまくるぜ！」

「パーフェクトに歌ってやる！」

おかしな野次が聞こえ、八木沼は苦笑している。

だが菜摘のがんばってという愛らしい声援を聞いて少し赤面していた。

「じゃあ、行きます。曲目は『Soon-ah will be done』！」

八木沼は人差し指を立て、河川敷に静寂を召喚した。持っているのは割り箸だった。法科大学院生や劇団員がホームレスに楽譜を見せ、二人一組のような形で緊張して待っていた。

やがて割り箸がゆっくりと振りおろされた。

「Soon ah will be don’a-wid de trouble ob de worl’, trouble ob de worl’, de trouble ob de worl’……」

呪文のような声が鴨川に響く。石和は八木沼の口元を見た。歌っている。小さいが聴こえる。まだわかりにくいが渋くいい声のようだ。横を向くとそこにはあの時の少女がいた。菜摘は心をときめかせるように八木沼を見つめている。石和は後ろめたさのようなものを感じて一度うつむいた。

彼女に今まで言えなかったことがあった。

それは真犯人ディオニスの名前だ。本当のディオニスは秋山鉄蔵などではない。なぜなら鉄蔵が遺していった証拠品の中には、凶器以外にも色々なものがあったからだ。一つは鉄蔵の遺書、もう一つは沢井恵美が着ていた服。そして最後に『走れメロス』の台本――すべての証拠品はディオニスの正体をはっきりと示している。菜摘にはまだだが、八木沼には見せた。彼は驚かなかった。劇のあったあの日、八木沼は自分と同じ結論に達していたのだ。ただ予期せぬ菜摘の乱入でその場において真実は伏せられた。

鉄蔵の遺書には全てが記されていた。梅蔵の死から自殺するまでのすべてだ。鉄蔵は梅蔵を死に至らせた少年たちを赦（ゆる）していた。悔しさはあったが、少年たちの真摯（しんし）な反省に触れ、赦すことの大切さを学んだと書いてある。この事件はすでに決着していたのだ。さらに八木沼慎一が無実であって、真犯人について口止めをされていたことが書かれている。慎一は鉄蔵にこう言ったという。自分は死刑になってもい い。ただ万が一、死の恐怖に勝てないときは獄中から死刑廃止を叫ぶ。その時は鉄蔵さん、この証拠を持って俺を救い出してくださいと。ただしそうでない場合は俺の心が折れていない時です。絶対に言わないでくださいと。

鉄蔵は石和に接触してきた。ボイスチェンジャーを使い、どうしても慎一の処刑を止めたい。彼に会わせてくれと言った。慎一に伝えると、彼は手記を書いた。死刑制度は必要だ――当時にはわからなかったが、あれは慎一が鉄蔵に向けた真犯人を死んでも守るというメッセージだったのだ。真犯人が誰であるか——鉄蔵の遺書、そしてこの台本を読むまでわからなかった。ここにある台本はさらりと読んでも特に不自然さは感じられない。ただの『走れメロス』の台本だ。ワープロで打たれている。だが変わっているのは配役だ。慎一が考えたらしいが、普通の『走れメロス』の配役ではない。ディオニス役が女性なのだ。それだけが違う。これを叩(たた)き台にあの日彼らはどういう劇にするかを話し合う予定だったらしい。

『配役　メロス・秋山鉄蔵　セリヌンティウス・八木沼慎一
フィロストラトス・長尾靖之　ディオニス・沢井恵美』

台本の裏にはこういう手書きの文があった。

――慎一さん、ごめんなさい。長尾さんを殺してしまいました。あの人に迫られて、わたしは突き飛ばした。そして背中にナイフを突き立てました。置き石のことを鉄蔵さんは赦してくれたけど、やっぱりわたしは人殺しなんです。二人殺せば死刑なんですよね？　わたしはもう生きていくことができません。ごめんなさい。本当にごめんなさい。

恵美

読んだとき、震えがきた。これが真実だったのか――十六年も追い続けたのとはまるで違っていた。長尾靖之が沢井恵美に乱暴しようとし、恵美に逆に殺された。そして慎一は恵美やそのことでショックを受けるだろう菜摘のために罪をかぶった。こんなことはありえない——そう打ち消そうとしても、恵美の手書きの遺書は、これが真実だと鎌首をもたげてくる。それを鉄蔵の遺書は綺麗になぞっている。

思えばディオニスという言葉が初めに漏れた時、菜摘は疑問を投げかけていた。どうしてディオニスなのかと。メロスの相方はセリヌンティウスでないとおかしい——石和は取るに足らないことと相手にしなかったが、今思うと菜摘の疑問は重要なものだった。

やはり真実はここにある。この台本の中に。恵美への慎一の思いがこの事件を生んだのだ。鉄蔵が隠したジェラルミンケースには果物ナイフが入っていた。恵美の服もだ。鉄蔵の遺書によると、慎一と鉄蔵は合唱が終わった後、恵美の家で演劇の話をしようとしていたらしい。だが家に入ると二人の死体があった。恵美は胸部を一突きして死んでいた。鉄蔵は二人が誰かに殺されたと思ったが、慎一が遺書を発見した。さらには恵美の服には長尾の返り血が付いていたという。警察に知らせるべきだと言う鉄蔵に慎一は頼んだ。どうしても恵美が長尾を殺したことを隠したい――そう土下座したらしい。

慎一は自殺だとわからないよう、他にも傷をつけようと判断した。慎一は涙を流しながら恵美をナイフで刺したという。他殺であるとすぐにわかる状況にした。すごいのはここまで八木沼が推理していたことだ。理由は聞いていない。慎一が教えてくれたととぼけていた。

台本に書かれた遺言は筆跡から恵美のものとわかるだろう。これだけの証拠があれば再審でも勝てるかもしれない。だが石和はためらった。真実を告げることは、沢井恵美を殺人犯にすることでもある。八木沼慎一が命を捨ててまで守り通した秘密を暴くことなのだ。彼を見殺しにしてしまった自分にはそれは出来なかった。

だがそれは間違いだ――今はそう思う。真実を隠蔽してはいけない。そう自分の中で何かが叫んでいる。警察署の前で八木沼を待っていたのも、本当はこんな自分を止めて欲しかったからなのかもしれない。雪冤――漢字にすればたった二文字のその言葉。だがそこには人々の色々な思いが重なり合っている。命に代えても冤罪を晴らそうとする者、それによって傷つく者、軽々しく使える言葉でないことだけは確かだ。

この歌が終わったら菜摘に全てを告げようと思っている。つらいことだがやらねばなるまい。もう偽ることはやめよう。どんな手を使っても真実を訴えよう。犬猿の仲の真中由布子に頭を下げて取り上げてもらってもいい。知るうる限りの真実を訴えるんだ――それが死んでいった八木沼慎一の意志に反するとしても。

石和は菜摘の横顔を見つめる。先が縮れた綺麗な黒髪が風になびいている。その美しさが逆に自分を責めた。この女性を傷つけたくない――まるで慎一の手記が発表された後のやっさんのように意志が揺らぐ。彼女はこちらを向くこともなく、合唱に聞き入っている。

その時、急に声が大きくなった。

「I wan’ t’meet my mother!」

石和は驚いた。とてつもない歌声が聴こえる。

「I wan’ t’meet my mother, I wan’ t’meet my mother, I’ m goin’ t’ live wid God!」

何だこれは――石和は思った。何処までも伸びるテノール。これは十六年前に鴨川で聴いたそのものではないか。石和は下の方を見る。やはり八木沼だった。記憶に残る八木沼慎一の声と比較してみる。二人は互角というところか。

『Soon-ah will be done』の合唱は河川敷を圧した。

道行く人が足を止め、この合唱に聞き惚(ほ)れている。持田も劇団員も八木沼に負けじと精一杯の叫びを歌に込めている。だがただ一人、指揮者の男は別格だった。みんなの声が吸収されていくようだ。石和は菜摘の方を向く。彼女もこちらを見た。

「あの時とおんなじ声や」

驚きながら笑っていた。石和もうなずく。そして微笑む。

「すごいですね、本当にあの時のままだ」

八木沼はどんな思いで歌っているのだろう？　息子の死を、その死の間際のことを考えているのだろうか。それとも彼もまた、自分と同じく菜摘に真実を告げることに苦悩しているのか。この歌は、八木沼にとっては息子に捧（ささ）げる歌なのだろう。

石和は歌声を聴きながら思った。もう心は決まった。ためらいはしない。菜摘に真実を告げたとき、八木沼が言った本当の雪冤が始まるのだ。

　そっと目を閉じる。浮かんでくるのは一人の青年だ。

　真実の扉をこじ開けようとする今、扉の前にはその青年がたった一人で立ちふさがっている。両手を広げてこの扉だけは開けさせまいと必死で抵抗している。慎一君――自分は一度君に屈した。その想いの強さに真実を捻じ曲げようとした。ただもう屈しない。菜摘は子供じゃない。ショックだろうが、姉のことを聞かされてもきっと耐えられる。それでもダメなのか、君は自分一人でこの重荷を背負い続けるつもりなのか？

　その時、八木沼の声が強く響いた。雄雄しく、悲しいテノール。慎一は父の声に耳を塞いだ。泣いている。苦しそうだ。それを見て石和はもう一度優しい口調で問いかける。どうなんだい、慎一君……あの日の思いは今もまだ、君の心の中で燃え続けているのかい？

（完）

解説　時代が求めた作品

山田宗樹

傑作に出会うと、冒頭部分を読んだだけで「参りました」と頭を垂れたくなることがあるが、この『雪冤』はまさにそんな作品だ。

まず最初の四行を見てほしい。駅の階段を上がると『辺りは真っ暗』で、電車に乗ったときには『薄暗かった』のだから、まだ夜になったばかりとわかる。しかもこの電車は、外が見えない地下鉄だろう。まだ主語は出てこない。ということは、誰の視点による描写かわからない。しかし『電車内で商法の基本書を読んでいたが、疲れて寝てしまったらしい』ところから、法律を学んでいる人間であり、体を使った労働者でもあることが示唆される。そして次の文章だ。『外灯を見上げると、光に照らされて細かい雨がその姿を現した。』たちどころに映像が目に浮かび、この人物のうら寂しい心情までが伝わってくるようではないか。しかもそれは『服の上からは感じな』いほどの細かい雨なのだ。これほど簡潔かつ生き生きと描写されるのに、人物本人の具体的な説明がないため、読者は無意識のうちに人物像を思い描こうとする。想像力のスイッチが入る。この時点で早くも、作品世界に一歩足を踏み入れてしまうのだ。「うまい」私は思わず呟いていた。

しかし「うまい」どころではなかった。次の行でこの人物が石和という弁護士を目指している男だと明かし、続く描写で彼の人間臭さをかいま見せることで読者の心を易々と摑んだ作者は、さっそく挨拶代わりのジャブをヒットさせる。石和の落ちた同志社大学の学生たちが洒落た英語のカレッジソングを合唱していると思いきや、じつはその正体は――というくだりだ。これで読者は完全に作者のペースに乗せられる。やっさんというホームレスに親近感を抱き、割り箸で合唱の指揮をしていた青年・慎一の人間性に魅せられ、どうやらこの青年には美しい恋人がいるらしいことまで知る。もちろん抜け目ない作者は、読者を引き込む一方で、伏線をちりばめるのも忘れない。本編を読み終えてからもう一度この部分を読み返せば、すべてがここに無駄なく提示されていたことがわかり、感嘆の声を漏らすだろう。そしてこの場面は、きわめて象徴的な一文で締めくくられる。

『現実という太陽を直視すると目が潰れそうになる。』

この直後に殺人事件が発生するが、その一報が異様な緊迫感をもたらすのは、冒頭のこの場面で登場した人物すべてに血が通っているからである。いったい、誰が、誰を殺したのか。しかし読者は、その謎解き以上に、誰も被害者になってほしくない、誰も加害者になってほしくない、と感じてしまうのだ。

作者は、序章だけで、これだけのことをやってのけている。この作品の導入として、これ以上のものは、書けない。私が「参りました」と頭を垂れた気持ちもわかってもらえると思う。

本編に入ると、ストーリーテリングの技はますます冴えを見せ、言葉は悪いが、いいように読者を手玉にとる。いくら先の展開を予想しようが、作者は常にその予想を凌駕し、思いもかけない方向へ物語を持っていく。作者の術中にはまった読者は、目眩にも似た感覚を味わいながら、ディテールも豊かな物語を楽しむしかない。緩急の付け方も絶妙で、途中で止まることを許さない。

物語がクライマックスを迎えるころには、読者は息をつくこともできなくなっているだろう。そして、予想だにしなかった真相が意外な人物の口から語られ、茫然とする。「参りました」私ならずとも、こんなセリフを呟きたくなるに違いない。

ところがだ。この作品はそこで終わりではない。さらに奥があるのだ。すべてが終わったと油断していた読者は、最後の最後に、これがただの社会派ではなく、横溝正史ミステリ大賞の名に恥じぬ本格推理であり、重厚な人間ドラマでもあることを、改めて思い知らされるだろう。そしてここでも『直視すると目が潰れそうになる』真実が明らかにされる。主人公たちは、それでも直視することを選ぶ。結末は、序章で暗示されていたのである。

言うまでもないが、この作品は死刑制度と冤罪をモチーフにしている。作中には、冤罪による死刑も描かれている。最後まで読み終え、物語を存分に堪能し、本を閉じて満ち足りた気分で余韻に浸っているとき、ふと薄ら寒い思いが胸を掠めないだろうか。

なるほど、冤罪による死刑は考えるだけで恐ろしいが、果たして物語の中だけのことなのか。読者がそう感じた瞬間、作品に込められたメッセージは、虚構の世界を突き破り、現実世界に飛び出してきて、その生々しい姿を眼前に現す。ある意味、ここから『雪冤』の第二幕が開く。主人公は読者だ。

作中でも触れられているが、英国では実際に冤罪によって死刑になった人がいた。エヴァンス事件である。このケースでは、たまたま真犯人が判明したから冤罪とわかっただけで、それ以外に冤罪が一件もないと考えるのは不合理だ。だからこそ、死刑廃止へと向かうきっかけになった。

日本ではどうだ。関係者は判で押したように、三審制でじゅうぶん審議されているから冤罪はない、という。だが、それを本心から信じる者がいるだろうか。関係者を含めて。

冷静に考えれば、自白偏重の時代があれだけ長く続いて、冤罪による死刑執行が一件もなかったとするのは難しい。現在も、冤罪の疑いが拭（ぬぐ）いきれない死刑囚が、死に怯（おび）えながら拘置所暮らしをしている。冤罪とまではいえなくとも、従犯なのに主犯と誤認されたまま、死刑という過重な判決が下され、すでに執行されてしまった例もあると聞く。

だが表向きは、誰も認めたがらない。「日本では冤罪で死刑になった例はない」という幻想に縋（すが）りついている。冤罪による死刑の存在を認めてしまえば、この国の『死刑制度は根幹から揺ら』ぐからだ。自分たちの社会システムに無実の人を殺すという致命的な欠陥があると認めることになるからだ。まさにこれこそ『直視すると目が潰れそう』な現実ではないか。だが直視しなくては、対処の術も見出せない。

　では、死刑制度は廃止すべきなのか。作中でも語られているが、冤罪による死刑が存在するからといって、死刑制度は廃止すべきという結論には、必ずしも繋がらない。痴漢だろうが殺人だろうが、冤罪は人の一生をめちゃくちゃにする。罪の重さに関係なく、冤罪は許されないはず。死刑にならなければいいというものではない。本来、死刑制度の是非と冤罪の問題は、別に扱うべきなのだ。

　するとこの問題は、冤罪でなければ殺していいのか、という死刑制度そのものへの疑問に焦点が移動する。作中の人物はいう。人が人を殺す正当な理由というものがあるのなら、まずそれを明確にし、それに基づいてのみ、死刑は存在すべきだと。では、その正当な理由とはなにか。我々の社会はそれを見つけているのだろうか。国民一人一人が自覚しているだろうか。

一方で、被害者側の感情を無視しての死刑論議も成り立たない。私にも子供がいるが、作中の犠牲者のような殺され方をしたら、犯人に対して死刑以外の判決は求めないだろう。チャンスさえあれば、犯人をこの手で殺そうとさえするかもしれない。どれほど正当な理屈も、誠実で美しい言葉も、子を殺された親の苦しみを和らげることはできない。それができるのは、時間と、たぶん諦観（ていかん）だけではないか。もちろん、犯人が死刑になっても、苦しみからは逃れられないかもしれない。しかし、犯人に極刑を求める遺族の気持ちを軽視することもまた、許されないはずだ。

かといって、被害者側の報復感情を優先しすぎると、それはそれで問題がある。無実の人間を犯人だと決めつけ、それ以外の結論を受け入れられなくなる危険があるからだ。憎悪とは、それをぶつける相手の存在が不可欠であり、得られない場合は無理にでもこしらえる性質を持つ。これが冤罪の土壌を生みかねない。ならば我々は、どうすればいいのか。

作中でも、さまざまな立場の人物が、さまざまな思いを吐露している。どの意見にもそれなりの説得力があり、共感することもあれば、それは違うと反論したくなることもある。いずれの立場に身を置くにせよ、あまりにも多くの要因が複雑に絡まった問題でもあり、一つの結論を出すのは容易ではない。つい思考停止の誘惑に屈しそうになる。

だが作者は、登場人物の一人に、こうも言わせている。

『それでもずっと考えていきたい』

そうなのだ。たしかにこれは難しい問題ではある。だが日本社会に死刑制度があるかぎり、その賛否に拘わらず、我々は思考を止めてはならない。勇気をもって考え続ける義務があるのだ。


『雪冤』は、読ませる作品であると同時に、考えさせる作品である。一級のエンターテインメント性と、重厚なテーマ性、メッセージ性を両立させた、希有な作品である。そしてなにより、時代が求めた作品である。それが可能だったのは、モチーフに対する熱い思いとともに、人間を見つめる冷徹な眼差しを、作者が持ち合わせているからではないか。

読者には、読了してすべての真相を知ったあと、もう一度最初から読み直してみてほしい。登場人物のちょっとしたセリフや小さな仕草に、どれほど深い意味があったのかを知れば、この作品がいかに緻密な計算の上に成立しているものか、納得できるはずだ。

隅々まで神経の行き届いた文体で、この『雪冤』の物語を紡ぎ上げた作者に、心から敬意を表したい。

ほんと、参りました。

参考文献

『極刑　死刑をめぐる一法律家の思索』スコット・トゥロー著　指宿信／岩川直子訳（岩波書店）
『死刑制度の歴史』ジャン＝マリ・カルバス著　吉原達也／波多野敏訳（白水社）
『死刑廃止論』団藤重光著（有斐閣）
『死刑の理由』井上薫著（新潮文庫）
『元刑務官が明かす死刑のすべて』坂本敏夫著（文春文庫）
『国際的視点から見た終身刑――死刑代替刑としての終身刑をめぐる諸問題（龍谷大学矯正・保護研究センター叢書　第2巻）』龍谷大学矯正・保護研究センター編　石塚伸一監修（成文堂）

『犯罪統計入門――犯罪を科学する方法（龍谷大学矯正・保護研究センター叢書　第4巻）』浜井浩一編著（日本評論社）
『犯罪被害者の心の傷』小西聖子著（白水社）
『犯罪被害者の声が聞こえますか』東大作（講談社）
『犯罪被害者支援とは何か――附属池田小事件の遺族と支援者による共同発信』酒井肇／池埜聡／倉石哲也／酒井智恵著（ミネルヴァ書房）
『〈犯罪被害者〉が報道を変える』高橋シズヱ／河原理子編（岩波書店）
『犯罪被害者支援の理論と実務――法律実務家と被害者支援関係者のために』犯罪被害者支援法律実務研究会編（民事法研究会）
『修復的司法とは何か――応報から関係修復へ』ハワード・ゼア著　西村春夫／細井洋子／高橋則夫監訳（新泉社）
『被害者と加害者の対話による回復を求めて――修復的司法におけるVOMを考える』藤岡淳子編著（誠信書房）

『修復的司法――現代的課題と実践』ジム・コンセディーン／ヘレン・ボーエン編　前野育三／高橋貞彦監訳（関西学院大学出版会）
『走れメロス』太宰治著（角川文庫）

＊これらは参考にした一部です。この他、多くの書籍、インターネットホームページを参考にさせていただきました。なお、参考文献の趣旨と小説の内容はまったく別のものです。（著者）

本書は、株式会社ＫＡＤＯＫＡＷＡのご厚意により、角川文庫『雪冤』を底本としました。但し、頁数の都合により、上巻・下巻の二分冊といたしました。

雪冤（せつえん）　下

（大活字本シリーズ）

2023年11月20日発行（限定部数700部）

底　本　角川文庫『雪冤』

定　価　（本体3,200円＋税）

著　者　大門　剛明

発行者　並木　則康

発行所　社会福祉法人　埼玉福祉会

埼玉県新座市堀ノ内3―7―31　〒352―0023

電話　048―481―2181

振替　00160―3―24404

印刷製本所　社会福祉法人　埼玉福祉会　印刷事業部

ISBN 978-4-86596-612-1

大活字本シリーズ発刊の趣意

現在，全国で65才以上の高齢者は1,240万人にも及び，我が国も先進諸国なみに高齢化社会になってまいりました。これらの人々は，多かれ少なかれ視力が衰えてきております。また一方，視力障害者のうちの約半数は弱視障害者で，18万人を数えますが，全盲と弱視の割合は，医学の進歩によって弱視者が増える傾向にあると言われております。

私どもの社会生活は，職業上も，文化生活上も，活字を除外しては考えられません。拡大鏡や拡大テレビなどを使用しても，眼の疲労は早く，活字が大きいことが一番望まれています。しかしながら，大きな活字で組みますと，ページ数が増大し，かつ販売部数がそれほどまとまらないので，いきおいコスト高となってしまうために，どこの出版社でも発行に踏み切れないのが実態であります。

埼玉福祉会は，老人や弱視者に少しでも読み易い大活字本を提供することを念願とし，身体障害者の働く工場を母胎として，製作し発行することに踏み切りました。

何卒，強力なご支援をいただき，図書館・盲学校・弱視学級のある学校・福祉センター・老人ホーム・病院等々に広く普及し，多くの人人に利用されることを切望してやみません。